奥田亜希子

クレイジー・フォー・ラビット

朝日新聞出版

目次

装幀　田中久子
装画　米満彩子

クレイジー・フォー・ラビット

クレイジー・フォー・ラビット

もっと素敵なものを交換しているのかと思った。

例えば、ラメ入りのハートの飾りがついたヘアゴム。傾けると水に垂らした油のように輝く缶バッジに、つぶらな瞳のペンギンがぶらさがるキーホルダー。そんな、想像しただけで胸の中でサイダーが溢《あふ》れるみたいなもの。愛衣《あい》が学習机の一番大きな引き出しにしまっているクッキー缶にも、去年、ソレイユで買ったリボン形のブローチが入っている。ショッピングセンターモアの二階にあるファンシーショップソレイユは、小学生女子の魂に必要不可欠な店だ。しかし、愛衣の暮らす区域からは離れているため、子どもだけで行くことは禁止されていた。

数メートル先で顔を寄せ合っている彼女たちの周りには、ハチミツを混ぜたような空気が漂っている。黄金色で、ねっとりしていて、あの二人だけ違う時間の流れに生きているみたいだ。先生に見つかったら、即没収されるようなものを交換しているのかもしれない。玩具《おもちゃ》の指輪とかイヤリングとか、マニキュアとか。もっと人のいないところでやったほうがいいよ、と胸の中で忠告しながら、愛衣は二人の横を通り過ぎる。

ジャンパースカートを着たほうの女の子が、感激したように声を上げた。

「すごい。口が本当にコーラを飲んだみたいになった」

ベージュのキュロットを穿《は》いた子がすかさず応じた。

「チョコレートはなんかちょっと違うね。いい匂いだけど」

「上履きみたいじゃない?」

「えー、上履き?」

「あっ、でも新しいやつだよ?」

思わず愛衣は首を伸ばした。二人は胸に一年生の名札をつけていて、六年生の愛衣よりも、頭ふたつぶんは背が低い。わずかな動作で覗《のぞ》き込《こ》むことができた。小さな手のひらの中央にある、小さな小さな直方体。片方は赤茶色で、もう片方は焦茶色をしている。愛衣の視線に気づいた二人が焦ったように手を握り、それぞれ自分の腹部に押し当てた。強張《こわば》った表情から、甘くて酸っぱい匂いがぷんと放たれる。愛衣は急いですぐ近くの階段を降りた。

「消しゴムかあ」

なあんだ、と口を尖《とが》らせたくなる。だが、そう思ったそばから懐かしい記憶がよみがえり、愛衣の頰は緩んだ。五年前、愛衣が一年生だったときにも、香りつき消しゴムは流行した。飲みものやフルーツや菓子、カレーにラーメンなど、いろんな種類があったことを覚えている。愛衣も、玩具じゃないから、文房具だから、と親にねだり、イチゴのそれを買ってもらった。

授業中にこっそり匂いを嗅ぐのも好きだったが、なにより夢中になったのが、クラスメイトと交換することだった。ハサミで自分の消しゴムを数ミリ切り落とし、相手のものと取り替える。後ろの席の子がくれたレモンを大人っぽいと感じたこと。新品に近いほど粉っぽい手触りがしたこと。レアと噂《うわさ》されていたコーンポタージュを持ってきた男子が、休み時間にクラスメイトに取り囲まれていたこと――。

下駄箱で運動靴に履き替えた。昇降口は夏でもひんやりと涼しくて、埃《ほこり》の匂いがする。梅雨空の下に飛び出しながら、愛衣はまだ香りつき消しゴムのことを考えている。消しゴムにハサミを入れた瞬間の、くにゅっとした不思議な感覚や、友だちがどれくらい切ってくれるのか、息を呑《の》んで見守っていたこと、欠片《かけら》を手に載せられたときの、心が満たされるような喜びのことを。

校舎裏に設置されたウサギ小屋は、砂利道に面した壁と入り口の扉が金網張りになっている。ところどころ錆《さ》びつき、淡い緑のペンキが剝《は》がれた金網越しに、愛衣は、お待たせ、と声をかけた。

「ごめんね、遅くなっちゃった」

水色のTシャツにチェック柄のズボンを穿いた珠紀《たまき》が立ち上がった。

「ココアとキナコとゴマはもう食べたよ。やっぱりオオバコが好きなんだね。むしゃむしゃ食べてた」

これが珠紀の第一声だった。職員室に呼び出されたクラスメイトに、先生、なんだって？と訊《き》かないところが彼女らしい。ほかの子だったら質問攻めにしていただろう。それでも愛衣は、昨日提出した宿題に不備が見つかったことを自ら打ち明け、一人で草集めさせちゃってごめん、ともう一度謝った。

「そんなの別にいいって」

「ミルクはどう？ 食べた？」

「あげたけど、あんまり食べなかったな。大島《おおしま》さんのことを待ってたのかも」

珠紀はコンクリートの床に散らばった黒い粒は気にも留めず、真っ白なウサギに近づき、両手でひょいと抱き上げた。ほかの三羽が逃げ出さないよう、愛衣はすばやく小屋に入る。珠紀に向かって手を伸ばすと、ミルクは桃色の鼻を小刻みに動かし、愛衣の腕に飛び込んできた。

「私と辻《つじ》さんのこと、絶対に覚えてるよね」

「覚えてるに決まってるよ。飼育係は当番の日だけだけど、うちらはほぼ毎日来てるんだから」

学校で飼われている四羽のウサギは、四年生の飼育係が当番制で世話している。小屋は毎朝きれいに掃除され、ウサギ用のドライフードも与えられて、愛衣と珠紀が雑草を食べさせる必要はない。だが愛衣は、一年生のときから飼育係に憧れていた。二年前、ジャンケンに負けて飼育係になれなかったことがいまだに悔しく、だから、昼休みに草とかあげればいいじゃん、と珠紀に言われたときには、その手があったかとはっとした。事実、珠紀はしょっちゅうウサギに草を与えているらしかった。

「これ、あげてみたら」

珠紀が草の入った銀色のトレイを足元に置いた。ミルクを胸に抱いたまま、愛衣はゆっくりと腰を落とす。摘まれたばかりの草はまだ青い匂いを放っている。片手でオオバコの茎を摑《つか》み、膝の上のミルクに差し出した。ミルクは前を向いたまま、口だけを器用に動かして、静かにオオバコを食べ始めた。

「あ、食べた」

「やっぱり大島さんの手からもらいたかったんだね、ミルク」

愛衣と珠紀は、小屋のホワイトボードに書かれたのとは違う名前でウサギたちを呼んでいる。白色がミルク、茶色がココア、黄土色がキナコで、灰色がゴマ。うちらの好きな名前をつけようよ、と言い出したのもまた、珠紀だった。

二本目のオオバコをミルクに与える。この一番小さなウサギを、愛衣はとりわけ可愛《かわい》がっていた。その横で、珠紀が壁に立てかけてあった竹箒《たけぼうき》を握り、地面の糞《ふん》を集め始める。

校舎裏にはウサギ小屋と倉庫があるだけで、人気《ひとけ》がない。まれに下級生がウサギを見に来ても、先客の六年生の姿を認めた途端、走っていなくなる。校庭のはしゃぎ声はどこか遠く感じられ、珠紀が竹箒を動かすたび、シャッシャッと水を掃くような音が響いた。

「そういえば、職員室からここに来るときに一年生の教室の前を通ったんだけど、女の子二人が廊下で消しゴム交換してたよ。懐かしくない？」

珠紀は眉をややひそめて、愛衣を見返した。

「なにそれ」

「えっ、知らない？　匂いつきの消しゴムを切って、交換するの。クラスの子とやらなかった？」

「やったことないなあ。やってる子も見たことないよ」

辻珠紀とは今年初めて同じクラスになった。愛衣の小学校は一学年が五クラス編成で、クラス替えは毎年あるものの、一度も同じ教室で授業を受けないまま卒業を迎える同学年の子は少なくない。珠紀のことも、去年までは顔すら知らなかったのだ。それが、一ヶ月前の席替えで同じ班になり、一緒にウサギ小屋に通うようになった。

「っていうか、そういう消しゴムって使いにくくない？　全然消えないよね」

消し味は思い出せなかったが、珠紀に言われると、確かにそうだと思えてくる。愛衣は浅く頷《うなず》いた。二本目のオオバコを食べ終えたミルクが身を捩《よじ》る。蹴られた胸が痛い。

「私は普通の消しゴムが好きだな」

珠紀は声も背も低い。髪は耳が見えるほどのショートカットで、中学年の男子のようにも見える。だが、黒目には力強さがあった。二ヶ月前、新一年生を迎える会の準備のため、学年全体で合唱の練習をしていたときのこと。頑《かたく》なに口を開けようとしない珠紀に、担任の新沼《にいぬま》が、やる気がないなら出て行きなさい、と鋭い声を飛ばした。一部の女子から、コーネンキと渾名《あだな》をつけられている新沼は、突然怒り出すことで有名だった。あたりが静まり返る中、珠紀は目の光を消すことなく列から外れ、体育館を出ていった。

「そうだよね、普通の消しゴムが一番だよね」

「消しゴムなんだから、消えないと意味ないよ」

糞をちりとりに収めて珠紀は言う。金網の影が珠紀の靴下に淡く射《さ》し込《こ》んで、まるで模様みたいだと愛衣は思う。夏のウサギ小屋は曇天でも蒸し暑く、発酵が始まっているかのような土と草と糞とドライフードに囲まれていて、それでも珠紀を包む空気は淀《よど》んでいなかった。これほど雰囲気が澄んでいる人を、匂いのしない人を、愛衣はほかに知らない。

真冬に窓を開けた瞬間、どっと流れ込んでくる、限界まで冷えた外気みたいだ。愛衣は鼻からそっと息を吸った。愛衣にとって、無臭こそがもっともいい香りだった。

　隙を見つけたと喜ぶように、ミルクが膝から飛び降りた。


　白濁していた水は茶色やピンクが混じるたびに濁り、黒が溶け出したところで陰鬱な灰色になった。パレットをきれいに洗い流したのち、絵の具用の黄色いバケツを丁寧に濯《すす》ぐ。図工室の棚に描きかけの絵を置いて、筆箱やノートを片づけていると、下校の時刻を知らせるチャイムが鳴った。

「愛衣ちゃん、早くぅ」

　すでにランドセルを背負った仁美《ひとみ》と香奈恵《かなえ》が、出口で手招きをしている。今行く、と愛衣はランドセルの蓋を閉めた。

「来週どうなるんだろうね」

「アヤ、死ぬのかなあ」

「死なないよう。主人公だし。それで、最後はやっぱりシュウイチと付き合うと思う」

「シュウイチの記憶が戻るってこと？　私はタクミとくっつくと思うけどなあ。っていうか、タクミのほうが断然格好いいよね」

　正門を出て右に曲がり、小さな商店が身を寄せ合う区画を行く。この道は、人通りが多いわりに幅が狭い。三人並ぶことは憚《はばか》られて、愛衣は仕方なく一歩下がった。仁美と香奈恵は、昨晩放送されたドラマについて喋《しゃべ》っている。遅くとも十時には布団に入るよう躾《しつ》けられている愛衣は、そのドラマを観《み》られない。無言の愛衣を、二人は振り返ろうともしなかった。

前方からかすかに漂う、あの甘酸っぱい匂いに、愛衣は徐々に呼吸を浅くする。今日は随分と濃いようだ。なにがあったのだろう。ふたつ並んだ赤いランドセルに、ときどき視線を向ける。横のフックに下げた給食袋が、同じリズムで揺れている。

辻さんが図工クラブだったらな、とふいに思った。珠紀は器用だ。ノック消しゴムの先をカッターで削って作ったのだと、直径五ミリの判子を見せてもらったことがある。絵も得意で、大人びた漫画を好み、それを模写していた。だが、珠紀に図工クラブという選択肢はなかったらしい。迷わずバドミントンクラブを選んだと前に言っていた。それに、たとえ同じクラブの仲間だったとしても、一緒に帰っていたとは限らない。珠紀は孤立を恐れない。一人でさっさと下校する姿が容易に想像できた。

「香奈ちゃんさ、いっつもタクミのほうが格好いいって言うよね。うちのお母さんに話したら、香奈ちゃんは不良っぽい子が好きなんだねって言ってたよ」

「えー、タクミは不良じゃないよ。優しいよ」

仁美と香奈恵とは、四年生のときのクラスが同じで親友になった。みんなで図工クラブに入ろうよ、と提案したのは愛衣で、二年続けて同じクラスになったときには、奇跡が起きたと抱き合って喜んだ。しかし、今年は愛衣が一組、二人が三組と分かれた。始業式の日には、私たちは三人組だよ、と涙目で頷いていた仁美と香奈恵の態度は、日が経《た》つにつれて変化していった。

信号を越え、青果店の前を通り過ぎる。この先の交差点を、愛衣と仁美は右の郵便局方面に、香奈恵は左の住宅街に進む。一旦足を止め、じゃあね、と駆け出した香奈恵は、数メートル行ったところで振り返った。

「仁美ちゃん、玉ねぎ忘れないでねー」

「分かってるよー」

仁美の反応に安心したように笑みを浮かべて、香奈恵は再度走り出した。黄色い通学帽の下、ふたつに結んだ髪が揺れている。今のやり取りについて、仁美は説明しようとしない。こういうときに好奇心を露《あら》わにしないことは、本当に難しい。愛衣はなにかに負けた気分に駆られつつ、

「玉ねぎって？」

と尋ねた。

「ああ。明日、四時間目が調理実習なんだ」

「もしかして、ハンバーグ？」

「そう。一組はもう作った？」

仁美が横断歩道を渡り、愛衣もあとに続いた。

「まだ。来週の家庭科でやるみたい」

「そうなんだ。上手《うま》くできるといいね」

「そうだね」

沈黙。車が三台続けて横を走り抜ける。白、銀、白、と車体の色を見るともなしに目で追った。仁美と喋りたいことが頭に浮かばない。こんなこと、去年までは一度もなかった。気兼ねなく話せる親友だったのだ。と、あの匂いがさらに強くなったような気がした。愛衣が眉根を小さく寄せたとき、

「あ、仁美ちゃんと愛衣ちゃん」

郵便局から出てきた女性に呼び止められた。声の主は、香奈恵の母親だった。胸の前で手を振りながら、こちらに走り寄ってくる。香奈恵と同じ形の目には、焦りがにじんでいた。

「もしかして、香奈恵ってば、もう家に向かってる？」

「はい、さっきあそこで別れました」

愛衣は振り返って腕を伸ばした。あの子、鍵を持ってないのよ、と母親が息を吐く。本当にさっき別れたばっかりなんで、と応えた仁美から、あの匂いが急激に強く立ち上った。

愛衣はさりげなく顔を逸《そ》らした。

「それなら急いで追いかけてみるわ。二人も気をつけて帰ってね。あ、仁美ちゃん、昨日は美味《おい》しいチョコレートをありがとう。お母さんによろしくね。愛衣ちゃんもまた遊びに来てね」

一気にまくし立てると、香奈恵の母親は手を大きく振って去って行った。ふたたびの沈黙。だが、数分前のものとは質が違う。愛衣は横目で仁美の表情を窺《うかが》った。浅く俯《うつむ》き、アスファルトを凝視している。強風に吹かれたように、あの匂いは消えていた。どうやら覚悟を決めたようだ。

「愛衣ちゃん、あのね」

「なに?」

とぼけた声音になればいいと思ったが、口から出てきた音は固かった。

「昨日、算数の宿題でどうしても解けない問題があって、香奈ちゃんに電話したら、うちで一緒にやろうって言われたのね」

「うん」

「愛衣ちゃんも呼んだほうがいいかなって思ったんだけど、でも、一組と三組じゃ宿題が違うでしょう? そうしたら、仲間外れにしたって思われるのも嫌だから、言わないでおこうって、香奈ちゃんが」

「私は気にしてないよ」

愛衣は嘘《うそ》だと自覚しながら応えた。本当は、胸には早くも黒い靄《もや》が立ち込めている。呼ぼうとしたって、嘘なんじゃないの？　私がいないほうがよかったんでしょう？　靄が漏れないよう堪《こら》えている自分の身体《からだ》からも、あの甘さと酸っぱさの入り混じった匂いは染み出しているのかもしれない。だが、自分の体臭を嗅ぐことは難しい。以前、風呂に入るのを面倒くさがり、毎日入らなくても臭くならないよ、と口答えして、母親から、自分の匂いはよっぽど強くないと分からないの、と叱られたことを思い出した。

「本当にごめんね」

仁美がおずおずと顔を上げた。

「次から絶対に連絡するね」

「別にいいって」

郵便局の先の駐車場で仁美と別れた。また明日ね、と精いっぱい明るく言った愛衣に、仁美が濡《ぬ》れた瞳で頷く。残りわずかな帰路の途中、泣きたいのは私のほう、と愛衣は路傍の石を爪先で蹴飛ばした。

父親の座椅子に座り、夕方のニュースを観ている。三月に都内の地下鉄で毒ガスが撒《ま》かれる事件が発生してからというもの、一月に起きた大震災を忘れたかのように、テレビはこのニュースばかりを報じている。関与を疑われていた宗教団体の教祖が、一ヶ月前に逮捕されたのを機に、報道はますます過熱していた。おどろおどろしい書体のテロップから、愛衣は目が離せない。必死に声を張り上げるレポーターや、真面目な顔で議論を交わすコメンテーター。みんな本当のことを知りたがっている、と思う。

「愛衣。そういう座り方しないで。いつも言ってるでしょう」

卓袱《ちゃぶ》台《だい》に両肘をつき、インゲン豆の筋を取っていた母親が言った。愛衣は背もたれに背中を預けすぎて、座面の端を浮かせてしまう。一点に体重がかかって畳が傷つくと、もう何度も注意されていた。

「ねえ、テレビ消してもいい？　うるさくて仕方ないわ」

「えー、見たい」

「こんなにニュースを観たって、なにも分からないよ」

言うなり母親はリモコンをテレビに向けた。ぷつっと糸が切れるような音がして、画面が暗くなる。愛衣は仕方なく傍らの漫画を手に取った。珠紀が最近揃《そろ》えているというシリーズを、とりあえず五巻まで貸してもらったのだ。しかし、登場人物は全員が大人で、ストーリーは起伏に乏しく、絵も可愛くない。二週間前に借りたにもかかわらず、まだ二巻までしか読めていなかった。

「愛衣、宿題は？」

「ご飯食べてからやる」

「今やっておけばあとが楽なのに」

インゲン豆のザルを抱え、母親が暖簾《のれん》をくぐる。数秒後、台所からざらついた音声が聞こえてきた。母親には料理中にラジオを聴く習慣がある。空が曇っているからか、今日は雑音が多いようだ。昨日も雨で、明日も雨。梅雨らしい天気が続いている。

重い指でページをめくった。内容は頭に入ってこない。だが、なにかに集中していないと、気持ちが塞ぎそうだ。仁美と香奈恵が二人で会っていた。そのことを秘密にしようと相談していた。愛衣は臀部《でんぶ》をずるずると下に滑らせて、座面を枕に寝転んだ。

隠しごとには、匂いがある。

声には出さずに呟《つぶや》き、寝返りを打った。愛衣の鼻は嘘や秘密を敏感に、文字通りに嗅ぎ取ってしまう。物心ついたころからそうだった。だから愛衣には、サンタクロースの存在を素直に信じていた時期がない。なんとなく怪しいと、ずっと思っていた。隠しごとの内容までは察知できないが、知られたくないという焦りと匂いの強さは比例するらしく、相手が必死になればなるほど、匂いは凝縮したように濃くなった。

ラジオが音楽を流している。母親が水でなにかを洗っている音の裏側に、愛衣の聴覚は聞き覚えのあるメロディを拾った。耳をそばだてているうちにはっとして、

「お母さん、ボリュームを上げて」

と叫んだ。思ったとおり、それは仁美と香奈恵が熱心に視聴しているドラマの主題歌だった。一ヶ月前に発売されたCDは売れに売れて、愛衣もテレビや街角でたびたび耳にしていた。静かでほの暗い曲調に、透明感のある歌声が重なる。愛衣は軽く目を閉じた。やがて、アウトロに被《かぶ》せるように、パーソナリティが喋り始める。母親は心得たようにボリュームを戻して、

「愛衣、ちょっと手伝って。このへんの野菜を切ってほしいんだけど」

億劫《おっくう》だったが、母親が歌の終わりまで待ってくれたことも分かっていた。はーい、と手元の漫画を閉じ、愛衣は身体を起こした。

朝から降っていた雨は、三時間目の理科が終わったときにはやんでいた。とはいえ太陽は雲に隠れたままで、足元はぬかるんでいる。愛衣は一本摘むたびに手首を振り、草と自分の手から水滴を払った。濡れた肌が痒《かゆ》い。

「大島さん、もういいんじゃない?」

「そうだね」

珠紀の左手も草の束を握っていた。愛衣のぶんと合わせれば、充分な量になるだろう。二人は校庭の端から校舎裏に回り、ウサギ小屋の戸を開けた。ミルクとゴマが鼻をうごめかして近寄ってくる。残っていたドライフードをゴミ箱に捨て、空のトレイに草を入れた。

小屋の脇の水道で飲み水も入れ替え、散らばっていた糞は竹箒で片づける。もはや自然に身体は動いた。

「雨の滴がついてるからかな。あんまり食べないね」

愛衣は首を傾《かし》げた。四羽とも、今日は草にあまり興味を示さない。トレイを囲んだ状態で耳を動かしている。珠紀は竹箒の柄に顎を軽く載せて、

「そういえばウサギって、水が嫌いらしいよ。だからかな」

「濡れるのが嫌ってこと?」

「たぶん。テレビで観たことある」

「へえ、そうなんだ」

愛衣は草の山から一本抜き取り、Tシャツの裾で水を拭った。それをミルクの前に突き出す。だが、やはり食べようとしない。ドライフードで腹が膨れているのだろうか。ウサギにはウサギの事情があると頭では理解しながらも、生きものの世話を焼きたいという願望は、餌を与えたときにこそ叶《かな》えられる。愛衣は諦められずにその場にしゃがんだ。

「食べてよ、ミルクー。せっかく摘んできたんだから」

名前を呼び、草の先を小さく揺らす。狙いどおりにミルクはしばらくそれを見つめていたが、やがて顔をふいっと背けると、小屋の隅に駆け出した。はあ、と深く息を吐き、愛衣は草をトレイに戻した。

「ウサギが寂しいと死んじゃうって、本当なのかな」

気がつくとそんな疑問を口にしていた。仁美と香奈恵が二人きりで遊んでいたことが発覚してから、今日で五日が経つ。翌朝は顔を合わせるなり香奈恵に謝られ、ああ、仁美から電話があったのだと、さらに暗い気持ちになった。愛衣が謝罪を受け入れたことで、表面上は穏やかな時間が流れている。だが、あれから二人が妙に自分に気を遣っているように思えてならなかった。

「その歌、流行《はや》ってるよね。なにかのドラマの主題歌なんでしょう?」

テレビ番組や芸能人の話はほとんどしない珠紀も、さすがに知っていたようだ。この歌のCDはそれほどまでに売れている。愛衣は頷き、一番のサビを小声で口ずさんだ。

「いい歌だよね」

涙ぐみそうになる。

友情が、どうしても長く続かない。

友人関係がこじれるのは、これが初めてではなかった。幼稚園児のころには、花瓶を倒したことを隠そうとしていた友だちを臭いと騒ぎ立て、奇異な視線を集めた。小学校二年生のときには、学校を休んで家族と遊園地へ出かけた友だちに、なにか隠していることがあるだろうとしつこく詰め寄り、最後には泣かせた。向こうから絶交を宣告されたり、愛衣のほうから距離を置いたり。勘がよすぎると気味悪がられたことも、一度や二度ではない。

　だから気をつけていたのに。愛衣は下唇を噛《か》む。私たちって親友だよね、と頻繁に確かめ合い、仁美と香奈恵からあの匂いが漂ってきたときも、生理が来たとか忘れものをしたとか、そういう理由に違いないと自分に言い聞かせていた。でもだめだった。この変な鼻のせいだ。全部、すべて、なにもかも。

「そうかなあ。おかしな歌じゃない？」

　珠紀の声で我に返った。彼女を見上げて、

「どうして？」

　と尋ねる。珠紀はしかめ面で、

「寂しくて死ぬって、どういうこと？　寂しいって感じたら、心臓や息が止まるの？　それってどういう体の仕組み？　病気でも怪我《けが》でもないのに、おかしくない？」

　珍しく興奮しているようだ。四年生くらいの女子が二人、校庭のほうから小走りでやって来て、小屋の数メートル手前で足を止める。どちらも怯《おび》えたような目で珠紀を見ていた。だが、珠紀は気がつかない。寂しさで死ぬ生きものなんていない、そんなに弱い生物は、もっと小さなショックでさっさと命を落としているはずだと、ますます熱のこもった口調で言い立てた。

　女の子たちは短く囁《ささや》き合ったのち、来た道を引き返していった。

「辻さんって、格好いいよね」

愛衣は呟いた。ほかのクラスメイトとは全然違う。珠紀の確立された考えに触れると、いつだって目の覚めるような思いがした。愛衣の言葉に照れたのか、珠紀は小さな耳を赤くした。それから、話題を変えるように、

「そういえば、あの漫画、読んだ？」

「あ……うん」

「どうだった？」

「まだ途中なんだよね」

珠紀の目を見ずに愛衣は答えた。途中までしか読んでいないのは本当で、これから面白くなるかもしれないと、懸命に思い込む。常に本音で生きている珠紀に、嘘は吐《つ》きたくなかった。

「そうなんだ。明後日《あさって》、一年ぶりに新刊が出るんだ。だから、日曜日はモアに行くつもり」

「わざわざモアの本屋さんで買うの？　ホシノ書店なら近いのに」

ショッピングセンターモアまでは、道が空《す》いているときでも車で十五分はかかる。一方のホシノ書店は、小学校のすぐ近くに店を構えていた。ごく自然に頭に浮かんだ愛衣の問いに、珠紀は吐息交じりに笑った。

「ホシノみたいな小さい店には売ってないよ。私が好きになる漫画って、だいたいあんまり有名じゃないから、大きい本屋に行かないと買えないんだよね。あー、日曜日、雨が降らないといいなあ」

「晴れたほうがいいの？」

「雨が降ったら自転車で行けないもん。歩いて行くのはさすがに無理だよ」

「えっ、自転車でモアまで行くの？　車じゃなくて？」

愛衣は思わず叫んでいた。ウサギたちが一斉にその場で跳ね、小屋の中を走り回る。キナコの後ろ脚がトレイに当たり、草が飛び散った。ウサギは臆病な動物だと言われている。驚かせてしまったことが申し訳なく、愛衣は草をトレイに戻しながら声を潜めた。

「お母さんかお父さんに頼んで、車で連れて行ってもらったら？」

「無理だよ。うちの親、日曜日も仕事だから」

「へえ、忙しいんだね」

「たぶんそうなんだろうね」

珠紀が投げやりに呟く。なにかに腹を立てているようだ。隠しごとの匂いはしないから、質問すれば答えてくれたかもしれない。だが、他人の不機嫌に深入りするのは気が引けた。大変だね、と愛衣は曖昧に頷いた。

「ねえ、大島さん」

「なあに？」

「大島さんも一緒に行かない？」

「えっ」

顔を上げると、珠紀はいつもの生気に溢れた黒目で愛衣を見ていた。

「私と辻さんと、二人でモアに行くっていうこと？」

「そう。大島さんの門限って何時？　それまでに帰れば、絶対にばれないよ」

愛衣は黙って考えを巡らせた。大人の付き添いなしにモアに行ってはいけないと学校や親からは指導されているが、確かに門限さえ守れば、外にいるあいだに愛衣がどこでなにをしていようが、人に知られることはない。それに、家族でモアに出かけると、せっかちな父親に急《せ》かされるため、ソレイユをじっくり見ることができなかった。珠紀と二人ならば、存分に楽しめるだろう。

「モアには一人で何回も行ってるから、道は私が分かる。心配しなくても大丈夫だよ。バドミントンクラブの直子《なおこ》ちゃんとも一緒に行ったけど、ばれなかったし」

「そう、だよね」

こわごわ頷く。珠紀と学校の外で会ったことは、まだない。だから友だちだと思っていいのか、いまいち自信が持てなかった。その珠紀から誘われたのだ。しかも、休みの日に二人きりで、ちょっと遠くまで。行きたい。この子ともっと仲良くなりたい。

「行こうかな」

「やったあ。何時に待ち合わせようか？　お昼ご飯を家で食べてからのほうがいいよね？　一時に学校の正門前はどうかな」

それでいいよ、と愛衣は頷いた。珠紀が嬉《うれ》しそうにゴマを抱き上げる。珠紀は、この大人しい色合いのウサギを一番可愛がっていた。灰色の毛を撫《な》でる珠紀の眼差《まなざ》しは優しい。教室ではあまり見られない表情だと、ふと思う。

ゴマは気持ちよさそうに目を閉じた。


信号が赤に変わろうとしている。数メートル先を行く珠紀が強引に渡るのではないかと不安が湧いたが、愛衣の予想に反して、青い自転車はスピードを落とした。両足を地面に着けた珠紀が後ろを振り返る。彼女が自分のことを気にかけてくれたのが嬉しい。隣に黄色い自転車を滑り込ませた。

「この信号を渡れば、あともう少しだよ」

「意外と近いんだね」

「そうだよ。みんな、怖がりすぎなんだよ」

珠紀の願いが通じたのか、今日は一日曇りの予報だ。しかし、ほとんど休まず自転車を漕《こ》ぎ続けたため、すでに全身に汗を掻《か》いていた。愛衣は前輪のカゴから水筒を取り出した。

目の前の道路は、片側二車線と大きい。信号がふたたび青になるまでには、多少時間がかかるだろう。蓋のコップに注ぐ手間が惜しく、直接口に流し込む。水筒の中で氷が動いたのを手のひらに感じた。

「行こうと思えば、どこにだって行けるんだよ」

一瞬、珠紀は空に視線を突き刺した。

「うちらが三年生の夏休みに、自転車で日本を縦断した男の子がいたでしょう？　みっつ上で、六年生の子。覚えてない？」

「あ、知ってる。テレビによく出てたよね」

愛衣も三年後に挑戦したらどうだと、親や親戚から何度言われたことか。当時、愛衣はまだ一人で寝られず、そのことをからかうような大人の口調にうんざりしたことを思い出した。

「私、あの男の子が自転車を漕いでいる姿を見て、地面が繋《つな》がっていれば、子どもでもどこにでも行けるんだって気づいたんだよね」

あ、青、と珠紀がペダルを踏み込んだ。愛衣も水筒をカゴに戻し、あとに続く。珠紀の水色のTシャツは、汗で一部がまだら模様になっていた。青いキュロットと白のハイソックスに挟まれた肌は、給食のコッペパンと同じ色だ。愛衣はボーダー柄のワンピースにレースのショートソックスを合わせ、できるだけ可愛くまとめていたが、珠紀は頭のてっぺんから足のつま先まで普段着だった。

　ショッピングセンターモアに到着した。店内は寒いくらいに冷房が利いていた。同年代と思《おぼ》しき子が親と歩いているのを見かけるたび、珠紀と二人でここまで来たことに誇らしくなる。天井の照明が空から降り注ぐ光のようで、モアがいつも以上に魅力的な場所に感じられた。

　エスカレーターで二階の本屋に向かった。改めて売り場を見回す。ホシノ書店の五倍は本棚がありそうだ。インクと紙の匂いが、図書室を思い起こさせる。珠紀の探していた新刊は、すぐに見つかった。珠紀は嬉しそうに両手で本を摑んだが、そのまま会計には進まず、レジの反対方向へ歩いて行った。

「まだなにか買うの？」

「ほかにも面白そうな本があるかもしれないから」

　漫画の書架の前で足を止め、珠紀は一冊ずつ表紙を検《あらた》め始めた。愛衣はしばらくその動作を真似《まね》ていたが、はなから漫画を購入する気はなく、集中が続かない。愛衣の小遣いは一ヶ月につき六百円で、漫画や雑誌を買ってしまうと、ほとんど手元に残らない。だが、菓子類やちょっとした雑貨であれば、もっとたくさん自分のものにすることができた。

「辻さん。私、ソレイユを見ててもいいかな？」

「ソレイユ？」

背表紙に人差し指を引っかけ、棚から引き抜きながら珠紀が尋ねた。

「なんだっけ、それ」

「このフロアの端っこにあるファンシーショップだよ」

「ああ、あのピンク色の店か。いいよ、分かった。レジでお金を払ったら、私がそっちに行くね」

「ありがとう」

愛衣は足早に書店をあとにした。子ども服売り場の隣、太陽の看板が、ソレイユの目印だ。学校の教室より狭い店内には、棚やラックがいくつも立ち並び、通路は小学生同士もたやすくすれ違えないほど細い。壁や天井、棚は白く、床は木目で、内装に華やかな色は見当たらなかったが、それでも珠紀がピンク色の店と称した理由はよく分かった。

ここには可愛いものしか売られていない。

アクセサリーにぬいぐるみ、ポスターやキーホルダー。すべてに甘い魔法がかけられている。文房具や食器類のような実用品までもが宝石のごとく輝き、この場に立っているだけで、愛衣の気持ちは昂《たか》ぶった。絆創膏《ばんそうこう》に巾着袋、シール、ポケットティッシュなど、こまかい商品が充実しているところも嬉しい。訪れるたびに新たな発見があった。

店内を一周したのち、愛衣は右奥の一角に狙いを定めた。ここにはひとつ五十円から三百円と、比較的安価な商品が集まっている。目の周りに力が入ったのが自分でも分かった。

「あっ、これ」

近くで商品を並べ替えていた店員がこちらを見た。愛衣は頰が熱くなるのを感じながら、棚に陳列されていたうちの二種類を手に取った。ひとつは白、もうひとつは灰色のウサギで飾られた、小さなヘアピンだ。ウサギの顔の造形は単純で、六年生には幼いデザインにも思えたが、ミルクとゴマに見立てられることに興奮した。値段を確認すると、ひとつ百五十円。迷わずレジへ持っていった。

店員に頼み、チェック柄の紙袋に小分けにしてもらう。珠紀はヘアアクセサリーの類を身につけないが、ゴマに似ているこれならば、きっと気に入ってくれるだろう。こんなのあるんだね、と珠紀に褒められたかった。

「大島さん」

ソレイユを出たところで、本屋の袋を片手に提げた珠紀と再会した。

「お待たせ。どうする？　大島さんは、まだこのお店を見たい？」

「ううん。もう大丈夫」

「じゃあ、おやつでも食べようよ」

「いいね」

愛衣は勢い込んで頷いた。エスカレーターで一階に下りて、食料品売り場でカップのアイスクリームを購入する。愛衣はイチゴ味、珠紀はチョコミント味だ。フードコートの椅子に向かい合って腰を下ろし、蓋をめくった。珠紀の手元に現れた、わずかに緑を溶かしたような水色に目を奪われる。黒い粒が全体にアクセントを加えていて、きれいだ。

「私、チョコミント味って食べたことない」

なんの気なしに告白すると、本当に？　と珠紀は目を丸くした。一口食べてみる？　とカップを差し出され、礼を言って受け取る。木のへらで一口ぶんをすくい、口に運んだ。歯磨きみたい。愛衣の感想に、珠紀は口を大きく開けて笑った。

「辻さんも食べる？」

「いらない。私、イチゴ味って好きじゃないんだ。果物のイチゴは好きなんだけど」

「あっ……そうなんだ」

愛衣は行き場を失った木のへらを自分の口に含んだ。甘ったるい匂いが鼻を抜ける。一番好きなアイスクリームを選んだはずが、なぜか味があまりしない。ちまちますくっていたからか、珠紀のカップが空になった時点で、愛衣はまだ半分しか食べていなかった。手持ち無沙汰《ぶさた》になったらしい珠紀が、本屋の袋から漫画を出して読み始める。その横顔に声をかけた。

「本当にその漫画が好きなんだね」

「うん、大好き。今度、大島さんにも続きを貸すね」

「……うん」

珠紀が漫画から顔を上げた。

「大島さんは誰が好き？　研吾《けんご》？　雅希《まさき》？　春奈《はるな》かな」

「うーん、雅希かなあ」

あの底なしに快活なキャラクターの名前が、雅希だったはずだ。短髪で、口と耳が大きくて、変な絵のTシャツばかり着ていて。愛衣は記憶をたぐり寄せる。まだ三巻を読み終わっていないとは、どうしても言い出せなかった。

「雅希かあ。意外かも。どうして？　どこが好き？」

「やっぱり明るいところかなあ」

「明るいところ？」

愛衣と目を合わせたまま、珠紀は二度瞬《まばた》きをした。

「だったら五巻までの中で、どの話が一番よかった？」

「えっ、話？　どれかなあ」

声が裏返りそうになる。愛衣はますます頭を巡らせた。かろうじて思い出せるのは、もっとも熱意を持って読んでいた一巻の冒頭で、しかし、雅希をいいと感じた理由は挙げられない。愛衣がまごついていると、

「私はね、研吾と雅希が海に行くところが好き」

愛衣は口の中のイチゴアイスを飲み下した。珠紀の目に、いつもと違う光が点《とも》っている

ような気がしたのだ。挑戦的にも思える眼差しに、なにかがおかしいと脳が訴えてくる。だが、珠紀から隠しごとの甘酸っぱい匂いはしない。愛衣は慎重に顎を引いた。

「私も、その場面は好き」

その瞬間、百年に一度しか咲かない花が開くみたいに、自分の身体があの匂いを発するのを感じた。今まで親や友だちから醸し出されていたものよりも、遥かに刺激的だ。目に涙がにじみそうになる。こんな経験は初めてで、愛衣は内心うろたえたが、嘘を取り消すことはできなかった。珠紀と仲良くなりたい。自分に格好いい友だちができたことを、仁美と香奈恵に見せつけたい。いいよね、あそこ、と相槌《あいづち》を重ねた。

「だよね」

珠紀が漫画に視線を戻す。さっきと同じ横顔のはずが、なぜか拒まれているように感じる。珠紀は無言でページをめくった。愛衣も黙って残りのアイスを食べた。やはり美味《お い》しいとは思わなかった。

門限の時刻までにはまだ余裕があったが、もういいよね、との珠紀の一言で、モアを出ることになった。帰り道、珠紀は後ろを振り返らなかった。Tシャツに包まれた細い背中は、行きよりも神経が張り詰めているみたいだ。置いていかれないよう、愛衣はペダルを強く踏み込んだ。

新沼の顔は、見えない糸で後ろから操られているかのようだ。目尻や細かい皺《しわ》は、常にこめかみの方向に引っ張られ、頬の筋肉は固まっている。後頭部でひとつに結われた髪のせいか。今日のような雨の日でも乾燥している皮膚と、鼻の下の産毛が特に不気味だった。

「そりゃあね、学校のウサギ、みんなのウサギです。飼育係以外の子は撫でるなとか、草を一本もあげるなとか、そんなことは先生も言いません。でも、分かるよね。毎日毎日、昼休みに掃除して、せっせと草を運んで。どう考えてもおかしいでしょう。しかもあなたたち、下級生が小屋に入ろうとしたら、大きな声を出して怖がらせたんですって？　それが最上級生のすることとですか」

一拍を置き、愛衣はそれがドラマの主題歌について話していたときのことだと気づいたが、新沼の声は大きくなるばかりだった。反論する隙がない。愛衣は下唇をそっと噛む。隣に立つ珠紀にも誤解を解くつもりはないらしく、静かに説教を受け入れていた。

「あなたたちはウサギに狂ってる」

数分後、二人は新沼から解放され、失礼しました、と職員室をあとにした。ほうっと口から息が漏れる。昼の一時を過ぎたばかりにもかかわらず、廊下は薄暗かった。窓にはびっしりと雨粒が張りつき、リノリウムの床は薄く濡れている。誰かの上履きの跡が見て取れた。

「あのときの女の子たちが先生に言いつけたのかな？」

愛衣の問いに、たぶんね、と珠紀は答えた。

「私たち、もうミルクの世話はできないってこと？」

「しょうがないよ。うちら、飼育係じゃないんだから」

「うん……」

珠紀の素っ気ない態度は、一晩経った今日も変わらなかった。おはよう、と挨拶をしたときも、昼休みに揃って新沼から呼び出され、なんだろうね、と話しかけたときも、最低限の反応しか返ってこない。怒っているのか、それとも機嫌が悪いだけなのか。愛衣の不安は膨らんだり萎《しぼ》んだりしながら、確実に大きくなっていた。

だから、最後にゴマたちに会いに行こうよ、と言われたときにはほっとした。ふたつ返事で承諾し、下駄箱へ向かう。それぞれ傘を差して校舎裏に回った。足元はびしょ濡れになったが、外に人がいないのは幸運だった。誰にも見つかることなくウサギ小屋に辿《たど》り着《つ》いた。

一羽ずつ名前を呼び、抱き上げる。柔らかい毛の感触に目の裏側が熱くなった。新沼はときどき遊び相手を務めるぶんには問題ないと言っていたが、こうなった以上、一部の下級生から見張られることになるのは間違いない。少しでも出過ぎた真似をすれば、ただちに新沼に報告されるだろう。年下の視線を意識して、行動する。それはとても惨めなことのように思えた。

キナコ、ゴマ、ココアに頬ずりし、最後にミルクを抱きしめる。たちまち今生の別れのような気分に駆られた。愛衣が小屋の扉を開けると同時に駆け寄ってきたミルク。手から草を食べるミルク。洋服についていたボタンにじゃれつくミルク。頭から尻にかけてを何度も撫で、愛衣はようやく地面に下ろした。

「あの、辻さん」

同じくゴマを腕から放した珠紀に声をかけた。

「なに？」

「ウサギの世話はできなくなっちゃったけど、これからも一緒に遊びたいな。休み時間とか、放課後とか」

「大島さんと？」

「うん」

愛衣はズボンのポケットに手を入れた。小さく折り畳んだ紙袋が指に触れる。昨日渡しそびれたヘアピンをこっそり持ってきていた。まさかウサギのことで注意を受けるとは思いも寄らなかったが、かえってよかったかもしれない。これがゴマの代わりになればいい。

愛衣が紙袋を摑んだときだった。

「無理。私、大島さんとは友だちになれない」

「えっ」

ポケットの中で手が止まった。

「嘘を吐く子って、嫌いなんだ」

大島さんとウサギ小屋に通うのももうやめようと思っていた、だから先生に怒られてちょうどよかった、と珠紀は続けた。

「嘘？　なんのこと？」

声が震えた。

「研吾と雅希が海に行く話なんて、本当は漫画にないんだよ。雅希は明るく見えるけど、実はすごく繊細で、家に一人でいるときはめちゃくちゃ暗くて、お風呂に浸《つ》かって泣くこともある。でも、大島さんは雅希のそういうところを全然知らなかった。もしかしてちゃんと読んでないのかもしれないと思って、それで私、試したんだ」

「なんでそんなこと――」

「大島さんが正直に感想を言ってくれてるのか、気になったからだよ。本当は読んでないとか、全然面白くなかったとか、そういうことでもよかったのに」

後ろから頭を叩《たた》かれたみたいだった。あのとき珠紀から隠しごとの匂いがしなかったのは、彼女にやましい感情がなかったからなのだとはっとする。だが、自分が嘘を吐いたのは、珠紀のことが好きで、話を合わせたかったからだ。欺《あざむ》こうとしたわけではない。そう弁解したくなる一方で、あのとき自分から感じた匂いを思い出し、納得せざるを得なかった。あれほどの悪臭を放っていた自分が、どうして珠紀と仲良くなれるだろう。

「大島さんは私に合わせてばっかりだよね。別々の人間なのに、そんなの変だよ」

言うなり珠紀は小屋を出て行った。オレンジ色の傘が咲き、遠ざかっていくのをぼんやりと見送る。昼休みの終わりを告げるチャイムが鳴り、自分も教室に戻らなければと思うが、足が動かない。下半身の感覚が消えていた。

愛衣はポケットの中の紙袋を握り締めた。珠紀と色違いのヘアピンで前髪を留めて、校内を並んで歩きたかった。その願いが永遠に叶わなくなったことを知る。廊下の端で香りつき消しゴムを交換していた一年生のことを、本当は全然笑えない。心の一部を預け合うような友だちを、自分はずっと求めている。

だって、それこそが真の友情でしょう？

愛衣は手のひらで顔を覆い、その場にしゃがみ込んだ。扉の鍵は開いている。金網を通り抜けた雨風が、肌を濡らす。それでも狭い密室に閉じ込められたように思えて、愛衣は大きく深く息を吸い続けた。

テスト用紙のドッグイア

舌先が常に口蓋に触れているような、くぐもった話し方をする篠原《しのはら》の声も、このときばかりはよく響く。クラスメイトは名前を呼ばれた順に起立して、照れくさそうに、あるいは気怠《けだる》げな素振りで、篠原が差し出す紙を受け取っていく。

「大島」

女子の五番目に呼ばれた。愛衣が歩いた通路の左右から、甘くて酸っぱい匂いがほのかに立ち上る。愛衣はなるべく顔を正面に向けたまま教壇に進んだ。テスト用紙を手にしても、点数はまだ見ない。自分の席に戻ったところでようやく目を落とす。〈83〉。数学にしては悪くない。右上の角をすばやく三角に折り曲げ、紙を机に広げた。

「えー、今回の平均点は、六十八点。最も正答率が低かったのは問八で、この問題のポイントは、一度取り出したボールをふたたび箱に戻すところにある。戻さないまま二個目、三個目のボールを引いて行く場合とは、確率の求め方が変わるぞ。つまり式は――」
解説が始まった。教室を覆っていた緊張感は一気に薄れて、篠原の声がふたたび聞き取りづらくなる。篠原は黄色っぽい肌をした、ひょろ長い身体《からだ》つきの数学教諭で、クラスは受け持っていない。確か去年もそうだった。生徒に興味がないのではないかと愛衣は思っている。

先週の土曜、五月に神戸で起こった殺人事件の容疑者がついに逮捕された。切断した被害者の頭部を中学校の正門に設置し、新聞社に犯行声明文を送りつけたのは、被害者と同じ街に暮らしていた中学三年生の少年だった。ニュース番組で車の目撃情報に接していた愛衣は、犯人が自分のひとつ年上とは夢にも思わず、口が半開きになるのを感じた。同じくリビングでテレビを観《み》ていた両親が、ほんの一瞬、自分を気遣うような眼差《まなざ》しを送ったことには、気づかなかったふりをした。

二日後に登校すると、教師の視線の質も変わっていた。眼球の動きが妙に硬い。期末テストの最後には、悩みがあるなら教えてほしいとアンケート用紙まで配られた。しかし、篠原の態度は普段と変わらなかった。真顔で挨拶をして、独り言のように喋《しゃべ》る。私語には厳しいが、内職にチェックが緩いのも相変わらずで、今も大半のクラスメイトが彼の解説を聞いていなかった。

蟬《せみ》が鳴いている。グラウンドからはホイッスルの音が聞こえてくる。愛衣は窓の外に目を向けた。つい昨日には、逮捕された少年の顔写真が掲載された週刊誌が発売された。殺人を犯した彼は、捕まるまでの約一ヶ月間、どんな様子で学校に通っていたのだろう。教室に視線を戻したとき、赤いペンで書かれた〈32〉という数字が、ふいに愛衣の視界に飛び込んできた。

どうしてそんなに堂々としていられるの？

隣の席の田中睦月《たなかむつき》に、嫌悪感にも似た疑問が生まれる。テスト用紙の角を折って点数を隠す方法は、去年の夏に華やかな女子の一部が始めて、あっという間に学年中に広まった。このごろは、点がよかったときにも角を折るのが常識のようになっている。だが睦月は、平均を大幅に下回る点数を晒《さら》して、問題文の中に散らばる句点を平然と塗りつぶしていた。

五月下旬の席替えで隣が睦月だと分かった瞬間、縁日の屋台で、なんの生きものかも分からないキーホルダーを引いたときのような気持ちになったことは否定できない。それまでに睦月の人柄を知る機会はほとんどなかったが、彼が当たりでないことにはぴんときた。制服に着られているような小柄な体軀《たいく》と、毎朝櫛《くし》を通しているかも怪しい頭。休み時間は大抵一人で過ごしている。清潔であることと、休み時間を一緒に過ごす友だちがいること。中学生活を穏便に過ごすために大事な二ヶ条を、彼は守れていなかった。

チャイムが鳴った。篠原はまだ黒板に数式を書いていたが、クラスメイトは一斉にテスト用紙を机の中に片づけた。途端に、周辺から淡く香っていた匂いが消える。テストの点を見られたくないという警戒心が薄れたのだろう。

中学校に入学して以来、隠しごとの匂いを感じる機会が格段に増えた。やばい、昨日の夜、全然勉強してない、と笑いながら、好きな子なんていないよ、この学校の男子ってレベル低いよね、と鼻のつけ根に皺《しわ》を寄せながら、みんな、あの甘酸っぱい匂いを振りまいている。


夕方になると風が出てきた。美術室の白いカーテンが膨らみ、吉乃《よしの》の顔に差す影も揺れる。吉乃が写し取ろうとしている花瓶の陰影も目まぐるしく変化していたが、彼女の表情は乱れない。もう一時間以上も花瓶を睨《にら》み、下唇を軽く噛《か》みながら、スケッチブックに鉛筆を走らせている。

こうしてデッサン練習をする吉乃を眺めるのも、一週間ぶりだ。愛衣の通う都立中学では、試験前になるとすべての部活が休みに入る。多少はブランクもあるはずが、吉乃の手の動きには淀《よど》みがない。スケッチブックに描き込まれた花瓶は、水垢《みずあか》による曇り具合まで本物そっくりだ。吉乃が線を描き加えるたび、花瓶は存在感を増していく。

「愛衣は行くのー?」

「え?」

ひとつ前の席に横向きに腰掛けた仁美が、いつの間にかこちらを見ていた。仁美と向かい合うように座る和津《かず》も、絵の資料だと嘘《うそ》を吐《つ》いて持ち込んでいるファッション誌から顔を上げている。なんのことかと尋ねたら、愛衣ってば天然だよね、とまた笑われるだろう。

愛衣は数十秒前の記憶を懸命にたぐり寄せて、

「親に相談してみないと分からないな。緑地公園って、バスで行くには遠いよね」

「だよねー」

仁美が愛衣の机に片腕を投げ出す。セーラー服の半袖から伸びる腕は、餅のように白くて柔らかそうだ。今年に入り、仁美は少し太った。顎から首にかけてのラインは、この数週間でさらになだらかになったようだ。クラスメイトが陰で白豚みたいと言っているのを聞いたとき、似てる、と愛衣は思った。

「二人はどうする？　行くの？」

仁美と和津は顔を見合わせた。

「愛衣ってば、私たちの話を全然聞いてないー。本当に天然だよねー」

両手を叩《たた》いて仁美は笑った。ウケるー、と和津も口角を上げているが、おそらく仁美ほどにははしゃいでいない。和津の目はどこか冷めている。一重瞼《ひとえまぶた》のつり目と相まって、年老いた野良猫のようだった。

仁美が左右の足を交互に床に打ちつけて、

「私はたぶん行かない。っていうか、行けない。おばあちゃんの家に行く予定と被《かぶ》りそうなんだよねー。面倒くさいけど、お小遣いがもらえるからなー」

その瞬間、あの甘酸っぱい匂いが鼻先をかすめた。嘘だ、と愛衣は思う。群馬の祖母の家に行くことを、実は仁美は楽しみにしているらしい。同い年の従兄弟《いとこ》が格好いいと前に漏らしていたことと、もしかしたら関係あるのかもしれない。

「私は当然パス。だるいもん」

鼻で笑うような和津の物言いに、愛衣は一瞬ひやりとしたが、幸い先輩たちは美術室の後方に固まっていて、誰も振り返らなかった。今年の三年生は仲がいい。自分たちも運動部のように合宿がしたいと言い出したのも、三年生だ。急にそんなことはできないと初めは反対していた顧問の小和田《おわだ》も、最終的には彼らに押し切られ、緑地公園で写生会をするくらいなら、と合意を示した。合宿よりは遠足に近いプランだが、それでも三年生は楽しみらしく、バナナはおやつに入りますかー、と陽気な声が上がっていた。

「ガキじゃないんだから」

そう呟《つぶや》く和津に意識を向けて、鼻からそっと息を吸った。あの匂いはしない。和津は心底写生会には行きたくないのだろう。三ヶ月前まで、和津は女子バレー部員だった。そこでなにか揉《も》めごとを起こしたらしく、美術部に移ってきたのだ。この中学校には、生徒全員がどこかの部に所属しなければならない決まりがある。学校生活に意欲の薄い生徒が、活動日が週に一度しかない美術部かコンピュータ部に集まってくるのは、もはや自然の理《ことわり》だった。

「せめて遊園地に行きたいよねー」

千葉にある有名テーマパークの名前を挙げて、仁美はうっとりと手を組んだ。自分の生まれた年にオープンしたそのテーマパークを、愛衣も一度だけ訪れたことがある。小学一年生のときだ。城の中を歩いて巡るツアーが、手のひらに汗を掻《か》くほど怖かった。全部作りものだから、本物じゃないから、と母親に囁《ささや》かれたあとも、ここに一人取り残されたらどうしようと怯《おび》えていた。

「遊園地で写生会とか、聞いたことないけど」

「えー、でも、アトラクションとかスケッチすればよくない？」

「なに言ってるの。馬鹿じゃん」

和津に馬鹿呼ばわりされても、仁美は嬉《うれ》しそうに笑っている。四組の本間《ほんま》さんって、三年の先輩を睨みつけてバレー部をクビになったんだって、と耳打ちしてきたときとは別人のようだ。和津に初めて名前を呼び捨てにされたあと、仁美は冷静を装いながらも頬を緩ませていた。このごろは、美術室に来るなり和津にすり寄っていって、愛衣のことは放ったらかしだ。うんざりすることもあるが、絵を描く吉乃を眺められる時間が増えたのは嬉しかった。

愛衣が吉乃をふたたび見遣《みや》ったとき、隣の美術準備室から小和田が現れた。彼女は三十二歳の女性教師で、未婚であることをしょっちゅう生徒にからかわれている。小和田は吉乃のスケッチブックを覗《のぞ》き込《こ》むと、花瓶を指差しながら言葉をかけた。やや気落ちしたような顔で頷《うなず》く吉乃。最後に小和田が両肩を軽く叩くと、吉乃はようやく微笑を浮かべた。

下校時刻を知らせるチャイムが響いて、愛衣は仁美と和津と美術室をあとにした。忘れものをしたという仁美に付き添い、二年一組の教室に足を向ける。夏休みを約二週間後に控えた今の季節、日没は遠いが、人気《ひとけ》のない廊下を歩いていると、薄ら寒いような気持ちになる。うちの学校にも怪談ってあるのかな、と和津が漏らし、やめてよー、と仁美が応じた。

忘れものを回収して、昇降口でスニーカーを履いた。仁美と和津は、次はノストラダムスの大予言の話で盛り上がっている。一九九九年まで、あと二年。せっかく第一志望の高校に受かっても三ヶ月しか通えなかったら損だよね、と和津が呟く。そのとき、階段のほうから足音がして、吉乃が現れた。

「あ」

愛衣たちを捉えた目が、わずかに見開かれた。美術部の活動日に美術室を最後に出るのは決まって吉乃で、さっさと下校する愛衣たちと鉢合わせになることは、滅多にない。挨拶をしようか。しかし吉乃は二組で、同じクラスになったことはなく、部活中に話したことも数えるほどしかなかった。

数秒、時間が止まった。先に動いたのは吉乃のほうだった。眼球の動きだけで視線を逸《そ》らすと、ぎこちなく頭を下げた。

「お疲れさまです」

「あ……新藤《しんどう》さんも、お疲れ」

愛衣がもごもごと応えているうちに、吉乃は靴を履き替えて、昇降口を出て行った。プリーツのぱっきりした、紺色の長いスカート。刺繡《ししゅう》のワンポイントもない靴下は、ずり落ち防止の糊《のり》を使っていないのか、くるぶし近くまで下がっている。まるで入学直後の一年生のようだ。その後ろ姿が完全に見えなくなるまで、愛衣たちはなんとなく下駄箱の前から動けなかった。

やがて仁美が囁くように口にした。

「新藤さんって、絵の教室にも通い始めたらしいよ。小和田先生の師匠がやってるところなんだってー」

「へえ」

一体どこからこの手の話を仕入れてくるのだろうと思いつつ、愛衣は曖昧に頷いた。去年の四月の時点で、吉乃の画力は中学生のレベルを遥かに凌《しの》いでいた。吉乃がこれ以上なにを習おうとしているのか、想像がつかなかった。

和津が脱いだ上履きを下駄箱に突っ込み、

「絵なんか習ってどうするんだろうね。無駄じゃない？」

「美大とか行くのかな」

愛衣も絵を描くのは好きだ。小学生のときには、図工クラブに入っていた。しかし、芸術に触れたいという思いと、運動部には入りたくないという気持ちのどちらがより部活選びの動機に繫《つな》がったかと訊《き》かれたら、即答するのは難しい。

「美大ねえ」

「今のうちにサインもらっておこうかな。将来、高く売れるかも」

スニーカーを履きながら、仁美は歯を見せて笑った。仁美と和津のスニーカーには、同じスポーツブランドのロゴが縫われている。二年生に進級して以来、持ちもののメーカーやブランドを気にする子が急増した。小学生のころは、商品そのもののデザインが重視されていたが、最近ではどこが作ったものか、CMには誰が出ているのか、そんなことが話題になる。さすがだね、と思われるリップクリームがあり、なんでそれなの、と小馬鹿にされるシャンプーがあった。

「新藤さんが有名になったら、中学生のとき部活が一緒だったんですって自慢できるよねー」

「仁美ってば、本当に馬鹿だなー。絵で食べていける人間なんて、ほんの一握りだよ。世の中には新藤さんレベルがごろごろいるんだから」

「えー、ごろごろは嘘でしょー」

二人のやり取りを聞くともなしに聞きながら、愛衣は自分の靴を見下ろした。仁美と和津のものとは異なるが、愛衣のスニーカーにもまた、有名スポーツブランドのロゴがくっついている。二週間前、そろそろ買い換えたほうがいいね、と母親に言われたとき、愛衣は思い切って、靴屋の壁にディスプレイされていたこのスニーカーを指差した。今まで履いていたものに比べてかなり値が張るにもかかわらず、母親は理由を尋ねることも、反対することもなかった。愛衣はほっとしながらも、この人は中学生の文化に理解を示そうとしているのだと、心に棘《とげ》が生えるのを感じた。あれがいいと主張したのは自分なのに、母親の母親面に苛立《いらだ》っていた。

ブランドもののスニーカーは、底が厚い。着地したときのクッション性は、靴屋で投げ売りされているものより遥かに高いだろう。しかし、価格のように、これが今までの靴の三倍ぶんもの性能と言えるかどうかは分からない。

足首を回しながら踵《かかと》を押し込み、そういえば新藤さんの靴にはロゴがついていなかったな、と愛衣は思った。

先月の中旬から始まった水泳は、運動の中では好きなほうだ。炎天下にグラウンドを駆け回るより、よほどいい。唯一の難点は、二組との合同体育になることだった。おかげでプールに移動するまでの時間も、水着に着替えているあいだも、香奈恵の居場所ばかりが気にかかる。更衣室は狭くて、どんなに距離を取っていても、香奈恵の話し声は耳に入ってきた。

「ね、怪しいよね」

香奈恵の声で鼓膜が揺れるたび、こんなに高かったかな、と疑問に思う。しかし、小学生だったときの彼女の声は、もはや思い出せない。どこかのクラスが一時限目にプールを使ったらしく、プラスチック製のすのこは濡《ぬ》れていた。ラップタオルを肩まで引き上げた仁美からは、塩素の香りに重なるように、隠しごとの匂いが漂ってくる。どうやら、絶対に着替えを見られたくないようだ。仁美はおそらく、すでにホックのあるブラジャーを着用している。愛衣はまだスポーツブラを使っていて、それはそれで、この胸は本当に大きくなるのかと不安になった。

「だから校門のところで待ってるって言ったのに、それは悪いからって断られてえ」

「えー、でも本当に先生に用事を頼まれたのかもしれないよ?」

「そうかなあ。そんなことってある? 部活のあとだよ?」

すねたように口を尖《とが》らせている香奈恵を、数人が取り囲んでいる。いずれも運動部に所属していて、校内で悠々と振る舞っている女子ばかりだ。今日は更衣室に入ってきたときから、香奈恵の恋人の話題で持ちきりだった。

小学生のときには愛衣と仁美に親友であることを誓い、共に図工クラブにも入っていた香奈恵がなぜ中学校では女子テニス部を選んだのか、正確なことは分からない。彼女がたびたび隠しごとの匂いを放っていたことから、愛衣はこの手の展開を想像していたが、仁美は一切の相談がなかったことにいまだに怒っていた。特に、香奈恵が新しい友だちと恋愛話をしているときには、刺せそうなほど鋭い光を目に浮かべた。

「ねえねえ、昨日も宿題をやりながら、仁美に借りたあのテープ聴いたよ」

愛衣は少し考えて、なるべくなんでもない口調で話しかけた。

「え、テープって、私が貸したやつ？」

振り向いた仁美の顔は明るかった。そうそう、と愛衣は頷いた。

「どうしてもシングル曲がいいなって思っちゃうけど、でも、六曲目も好きかも」

「あの歌、いいよね。あと、七曲目はシングルで発売されたときとアレンジが違うんだよ。愛衣は気づいた？」

仁美は今、女性四人組の音楽ユニットに熱を上げている。デビュー当時、メンバー全員が小中学生だったことで話題を集めたグループで、うち一人は愛衣たちと同い年だ。去年の夏、彼女たちがテレビ番組でデビューシングルを歌っていたとき、父親が、子どもにこんなことを歌わせるのか、と顔をしかめたことが忘れられない。歌にいやらしい意味合いを感じているのだと、なぜかぴんときた。それと同時に、単純に格好いいと思っていた曲を汚された気がして、しばらく父親と口を利きたくなかった。

「そうなんだ。気づかなかった」

「私、やっぱりエリの声が好き。聴いてると元気になるんだよねー」

「ヒロとエリと、声が全然違うところが面白いよね」

口先だけの言葉がときに友情にヒビを入れることを、愛衣はよく知っている。テープを何度も再生していることも、アルバムの六曲目が気に入っていることも、掛け値なしの真実だ。二年前に愛衣の知ったかぶりが原因で亀裂が生じたクラスメイトとは、結局、関係を修復できないまま、別々の中学校に進学していた。

太陽浴びて踊りだそうよ、とデビューシングルのサビを口ずさみながら、仁美はラップタオルの内側で着替えを完了させた。愛衣も髪を水泳帽に押し込み、二人で更衣室を出る。きゃあきゃあと悲鳴を上げて冷たいシャワーを浴びる仁美に、ふて腐れた様子はもうない。互いに所定の位置に体育座りをして、全員が揃《そろ》うのを待った。

夏の日差しは砕かれた鏡のようだ。ぎらつく水面《みなも》を挟んで向こう側のプールサイドでは、教室で着替えを済ませた男子がはしゃいでいる。その横に、色褪《いろあ》せた二台のベンチが並んでいた。申し訳程度の庇《ひさし》の下、今日は五人の女子と二人の男子が制服姿のままそこに腰掛けている。

女子のうちの一人が吉乃だった。顔色はよく、体調も悪くなさそうだ。生理だろうか。

吉乃がふいに右手を挙げて、百パーセントの好意が溢《あふ》れる笑顔でそれを振る。愛衣は一瞬どきっとしたが、それが自分に向けられたものでないことは、確かめるまでもなく分かっていた。相手は、同じクラスの吹奏楽部の女子二人だろう。三人は小学校からの友だちらしい。

美術部では一人でも、教室の吉乃は違う。

ふざけていた男子の一人がプールに落ちて、派手な水飛沫《みずしぶき》が上がった。

おかわり、と茶碗《ちゃわん》を突き出すと、まだ食べるの？　と母親は瞠目《どうもく》した。次で三杯目だ。いいじゃないか、と父親は笑うが、母親は、自分でよそってくれる？　と面倒くさそうだ。愛衣が炊飯器の蓋を開けると、絹のように柔らかな湯気が顔を包んだ。今度もつい茶碗に大盛りにした。

「成長期だもんなあ。どんどん食べればいいんだよ」

食卓に戻るなり食事を再開した愛衣に、父親は焼酎《しょうちゅう》のお湯割りを飲んで言った。このところ、父親は家に帰ってくるのが早い。以前は深夜残業が当たり前だったのが、平日も三人で夕食を摂《と》れるようになった。勤めている衣料品メーカーの景気が芳《かんば》しくないようだ。母親の話では、四月に消費税が五パーセントに引き上げられたことと関係しているらしいが、その具体的なところは愛衣には理解できなかった。

「愛衣はあと十日で夏休みかー。おばあちゃんの家のほかに、どこか行きたいところはあるのか？」

その一言で、美術部の写生会を思い出した。まだ親に相談していない。しかし、仁美も和津も来ないと分かっている会に参加するのは、その日をひとりぼっちで過ごすことと同義だ。スケッチに専念すればいいとは言え、弁当を孤独に食べている場面を想像すると、気持ちは弾まなかった。

「別にないけど」

「久しぶりに海水浴もいいなあ。外房のほうにいいところがあるらしいぞ」

「……考えておく」

もう一杯食べられるような気もしたが、ごちそうさま、と手を合わせて、自分の部屋に戻った。ベッドに寝転び、天井を見つめる。家族と行きたいところなど、もうどこにもない。父親にはなぜそれが分からないのだろう。小学生のころは、家族で買いものに行くことが楽しみだった。だが最近は、二回に一回の割合でその誘いを断っている。隣町のショッピングセンターモアは、このあたりに暮らす中学生の定番デートスポットになっていた。家族と買いものをしているときに、恋人と手を繋いでいる知人と、もしかしたら香奈恵と遭遇するかもしれない。そう考えると、さすがにやりきれなかった。

「しかも、海水浴って」

海に行くにはまず、自分も母親も生理でない日を特定しなければならない。海水浴はどうかと誘われて、いいね、と二つ返事で決めることは不可能だ。どうしてあの人は、とまた思い、苦いため息を吐いた。

このまま朝まで寝たかったが、帰り道に仁美から手紙をもらったことを思いだし、身体を起こした。英語のノートが丸々一ページ使われたそれには、担任教諭の近野《こんの》の悪口やクラスメイトの噂話《うわさ》、二年後に本当に地球は滅びるのかという怯え混じりの疑問が、小さな文字でみっしり書かれていた。とはいえ、手紙は好きだ。文字からは隠しごとの匂いがしない。愛衣は筆立てからパステルカラーのペンを引き抜くと、真っ黒な紙に返事を書いた。去年の流行に乗じて買ってもらったこのペンを、愛衣は気に入っていた。

生徒を注意するときの近野の声は、自分も苦手だということ。松本《まつもと》さんが万引きをしたというのは、さすがに信じられないこと。それから、ノストラダムスの大予言。仁美は一九九九年の七月に地球が滅びるという予言に怯えているが、愛衣は、本当だったらいいのに、と心のどこかで考えている。すべてが壊れて人間が一人もいなくなった光景を思い浮かべると、妙にわくわくした。

だが、仁美宛ての手紙に、こんな妄想は綴《つづ》れない。〈当たるわけないよ〉と書いて、ピンクのペンでウサギの絵を描き足した。明朝に渡そうと、手紙を通学鞄のポケットに入れる。そこで愛衣は、明日が第二土曜だったことを思い出した。

「ああっ」

第二と第四土曜は学校が休みだ。嬉しさよりも、せっかく書いたものを月曜まで渡せないことが悔しくて、今度はうつ伏せにベッドに倒れ込んだ。シーツに向かって吐いた息は、生姜焼《しょうがや》きの匂いがした。


週明けの月曜、愛衣は教室に入った瞬間に、隣にいる仁美のことも忘れて口に手を当てた。臭い。あの匂いがする。どうしたの？　と仁美に尋ねられ、なんでもない、と手を離しながら教室を見回した。自分の席の周りに人だかりができている。なにか悪目立ちするようなことをしただろうか。愛衣は絶望的な気分になった。身に覚えはなかったが、本人が自覚していることのみで人となりが判断されるなら、学校生活は誰にとっても、もっと穏やかなものになるはずだった。

仁美が愛衣の耳に口を寄せた。

「なにやっちゃったんだろうね、田中くん」

「えっ」

「ほかのクラスの子まで来てる。大丈夫かなあ」

どこか楽しげな仁美の指摘で、睦月が人だかりの中心にいることに、愛衣はようやく気づいた。集まっているのは、男子が十数人と、女子が四、五人。自分の席にゆっくりと近づく。間違いない。匂いは睦月から発せられていた。

「ねえ、ほら、大島さん来たよ」

女子の一人が愛衣の椅子に座っていた男子をつつき、なんとか席が空いた。座面に残っていたぬくもりに、鳥肌が立つ。他人の体温は、どうしてこんなに不快なのだろう。だが、もちろん文句は言えない。

「顔を知ると、なんかいろいろ想像できちゃうよな。あー、気持ち悪い」

「目がめちゃくちゃ怖いよねー」

「こいつ、未成年だから、数年で刑務所から出てくるんだよな？　俺、すれ違ったときに気づけるかな」

「それを言うなら、刑務所じゃなくて少年院でしょう」

睦月が語尾に含み笑いを添えて言った。彼の隣席になって一ヶ月半が経《た》つが、これほど明るい声を耳にするのは初めてだ。教科書やノートを机に移しながら、愛衣は隣を盗み見る。爪の汚れた指が、テレホンカードほどの大きさの紙を摑んでいた。そこに印刷された、学ランを着た少年の白黒写真を認めたとき、ここでなにが起こっているのか、愛衣ははっきりと理解した。

「なあ、田中。これ、俺にもコピーしてくれよ」

クラスメイトの男子が睦月の肩に腕を回した。それが合図だったかのように、俺にもくれ、私もほしいと、ほうぼうから声が上がる。全員の目に、欲望の火が赤々と点《とも》っていた。
うーん、と睦月は首を大袈裟《おおげさ》に傾《かし》げて、
「それはちょっと難しいなー。本来は誰にも見せないっていう約束で、出版社で働いてい
るおじさんがくれたものだからさ」
「でも、黙ってたらばれないだろ」
男子の声に焦燥がにじむ。しかし、睦月はそのことに気づいていないらしい。いやあ、
無理だよ、無理無理、と繰り返すだけで、急速に険しくなっていく雰囲気に、愛衣の胃の
ほうが痛くなりそうだ。だから、チャイムが鳴り、近野が現れたときには安堵《あんど》した。近野
は英語教師で、大学時代にアイスホッケーをやっていたらしく、がたいがいい。おまえた
ち早く席に着けー、という一言で、人だかりはあっという間に解体された。
朝の会が始まると、睦月は顔写真がプリントされた紙を大切そうに折りたたみ、筆箱に
入れた。皺だらけのシャツに包まれた身体からは、まだあの甘酸っぱい匂いがわずかに漂
っている。テストの点数も平気で晒す睦月にしては珍しい。あれほど自慢げに披露してお
いて、今更なにを隠したいというのか。愛衣は呆《あき》れた。
一時限目のあとの休み時間に、今朝の騒ぎは一体なんだったのかと仁美に訊かれた。愛
衣が、あの事件の犯人の写真を田中くんが持ってきてた、と答えると、ええっ、と仁美は
頬を引《ひ》き攣《つ》らせた。今、あの事件といえば、誰もが神戸で起こった殺人事件のことを思い

浮かべる。テレビのトップニュースも新聞の一面も、あの事件の話題ばかりを扱っていた。

「それって、あの週刊誌？」

「たぶん。写真だけで、記事のところはなかったけど」

少年法を無視して容疑者の顔写真が掲載された週刊誌は、全国に発売自粛騒動を巻き起こしたが、実際は、店頭に並べた書店も少なくなかったようだ。愛衣も即完売したというニュースを見たことがあった。

「まさか田中くんが持ってるなんてねー。愛衣も見たの？」

興奮を抑えられないというように、仁美は軽く弾みながら階段を下りた。愛衣も急いで後を追う。二人で一階の理科室の隣にある女子トイレに向かっていた。トイレは二年生の教室近くにもあるが、混むから嫌だと仁美は使用を避けている。そう話すときの仁美は必ず隠しごとの匂いを振りまいていて、本当は、香奈恵と鉢合わせしたくないのだろうと愛衣は踏んでいた。

「うーん、まあ。見たっていうか、見えたっていう感じだったけど」

「どうだったー？」

「どうだったって？」

「誰に似てたとかないの？　有名人とか、うちの部の先輩とか」

言われて愛衣は、少年の顔が驚くほど印象に残っていないことに気がついた。それよりも、睦月の誇らしげな態度と、彼を囲んでいたクラスメイトの剝《む》き出《だ》しの好奇心のほうが、よほど鮮明に感じられた。怖いくらいだった。

「ちらっと見ただけだからなあ。普通だったと思うよ」

「普通かー。余計に怖いねー」

トイレに着くと、二人はそれぞれ個室の鍵を掛けた。金隠しの裏のレバーを踏み、まずは水を流す。消音のためだ。隣の個室からも水の音が聞こえた。幼稚園児や小学校の低学年のころは、皆、なにも気にせず用を足していたのに、いつからか、こうすることが当たり前になっていた。テストの点に、身体の成長具合に、排尿時の音。この先もきっと、友だちに知られたくないことは増えていく。

愛衣が排泄《はいせつ》を済ませて個室を出ると、仁美はすでに洗面台で手を洗っていた。上目遣いで鏡を見つめて、濡れた指で前髪を摘《つ》まんでいる。このときの表情をクラスメイトの女子に見られたくないというのも、仁美がわざわざ一階のトイレを使いたがる理由かもしれない。

「ねえねえ」

「なに?」

「うちのお父さんが言ってたんだけど、あの事件の犯人って、数年で社会に戻ってくるらしいよ。しかも、名前を変えて」

「名前を変えるの？　名前は報道されてないんだから、そのままでいいんじゃない？」

　愛衣は手を洗いながら応えた。ふっ、と仁美が噴き出した。

「愛衣ってば、しっかりしてよー。犯人の同級生とか近所の人はみんな知ってるんだから、名前を変えないと、まともに生活できないよ？」

「あ、そっか」

　十分の休み時間は、少し離れたトイレに行くには短い。廊下に出ると、愛衣と仁美は早足で階段へ向かった。二時限目は数学だ。篠原は今日もチャイムと同時に教室に入ってくるに違いない。階段を上りきったとき、愛衣は仁美がやけに真剣な顔をしていることに気がついた。

「どうしたの？」

「ううん、なんかさ」

「うん」

「あいつは一生、そうやって周りを騙《だま》しながら生きていくんだなあって」

「あいつって、さっきの犯人のこと？」

「うん。ねえ、愛衣。もしあいつが社会に出てきたときに、正体に気がつかないで友だちになっちゃったらどうしよう」

　冗談かと思ったが、数秒待っても仁美の表情は変わらなかった。あの匂いもしない。つまりこれは、額面通りの言葉ということだ。愛衣は頬の筋肉が緩むのを感じた。思い込みが激しく、怒りっぽい仁美のことが、ときどきとても可愛く見える。大丈夫だよ、と張りのある声を出した。

「ねえ、仁美。この世界にどれくらいの人間が存在してると思ってるの？　世界中で自分が出会える人はほんの一部で、友だちになれる相手はさらに少なくて、だから、あいつと知り合って仲良くなるなんて、本当に、ものすっごく低い確率なんだよ」

　つい最近まで習っていた確率の求め方を思い出し、愛衣は言った。そっか、そうだよねー、と仁美の顔から力が抜けた。

「そうだよ。仁美はあいつとは出会わないし、ノストラダムスの予言も当たらない。間違いないよ」

「あ、そうだ。手紙の返事、ありがとう。次、篠原の授業だから、また書くね」

　そのとき、チャイムが流れてきて、やばい、と二人は声を揃えた。愛衣は廊下を走りながら、自分だったら、その人がかつて罪を犯したかどうかを見抜くことができるのだろうとふと思う。改名しても、たとえば整形手術で顔を変えても、あの少年はおそらく、自分の素性を知られないことに心を砕いて生きていく。隠しごとを死ぬまで抱えるというのは、一体どういう感覚なのだろう。

　そして、自分は強烈に甘酸っぱい匂いを常に発している人間と、友だちになることができるのか。

二時限目と三時限目のあいだの二十分休みも、昼休みも放課後も、睦月の周りには人だかりができた。噂を聞きつけて、三年生もやって来たが、誰に請われても、睦月はあの紙を人に触れさせようとはしなかった。裁判所から飛び出してきた関係者が、〈勝訴〉と書かれた紙を掲げるような仕草で周囲に見せて、楽しそうに笑っている。集まってきた人の中には、その場で写真の似顔絵を描こうと試みる男子や、女性アイドルのCDと交換にコピーさせてほしいと頼む女子もいた。

だが、睦月の人気はこの日限りだった。翌日には、四組の男子が本物の週刊誌のコピーを持ってきて、睦月の写真が偽物だったことが発覚した。四組の彼のほうには記事も一緒に印刷されていたため、睦月に弁解の余地はなかった。

責められ、罵《ののし》られ、机の中身をぶちまけられ、〈詐欺師〉と書かれた紙を背中に貼られても、睦月は謝らなかった。騙された側の怒りは加速度的に膨らみ、昼休みには、数人の男子が睦月を強引に土下座させようとする事態にまで発展した。しかし睦月は、小さな身体のどこにそんな力が眠っていたのかと周りが怯《ひる》むほどの抵抗を見せ、結局、それも失敗に終わった。

近野が抑揚のない声で、プリントに書かれた注意事項を読み上げている。髪を染めたりパーマをかけたりしないこと。夜の十時以降は子どもだけで外出しないこと。水の事故には充分気をつけること。明日は一学期の終業式だ。愛衣は窓の外に顔を向けた。校舎のすぐ脇に植えられた桜の木には青葉が生い茂り、その一枚一枚が銀色に光っている。照り返しが目に痛い。

「あ、しまった。忘れた」

突然、近野が大きな声を上げた。

「あー、配ろうと思っていた問題集、職員室に置いてきた」

近野は悔しそうに顔を歪《ゆが》めて、汗で光る額に手のひらを当てた。すかさず男子の一人が、先生、そのまま二学期まで忘れておいてよ、と混ぜっ返し、教室に笑いが起こる。彼は一組では中心的な存在だ。睦月に写真をコピーさせてほしいと最初に頼んだのも彼で、それが嘘だと分かったあとは、おまえみたいな馬鹿に出版社で働いている親戚がいるわけないよな、と、睦月の臀部《でんぶ》に蹴りを入れていた。

「なに言ってるんだ。勉強しなかったら、困るのはおまえたちだぞ。来年は受験生なんだからな。今日の日直は……えーっと、田中と大島か。悪いけど、職員室に行って取ってきてくれ。先生の机の足下に置いてあるから」

「は、はい」

愛衣が起立すると、睦月も億劫《おっくう》そうに腰を上げた。今、睦月の一挙手一投足は、大多数のクラスメイトによって完璧に監視されている。自分が騙されたわけではない級友も、睦月の行く末は気になるようだ。立ち上がった拍子に机から鉛筆が落ちただけで、教室には冷笑混じりの空気が流れた。

二学期が始まれば、きっとすぐに席替えが行われる。無人の階段を下りながら、愛衣は自分に言い聞かせる。自分が標的ではないと頭では分かっていても、すぐ隣に向かって鋭い眼差しや言葉が飛んでくる状況は、心に小さくない負荷を与える。席は、廊下側でも最前列でもどこでも構わない。次はとにかく注目を集めない男子の隣になりたかった。

近野の指示どおり、「夏休みの友」と銘打たれた分厚い問題集は、机の下にあった。蓋の開いた段ボール箱に、二列に分かれて収まっている。愛衣と睦月は、両腕に一列ずつ抱えて職員室をあとにした。二年一組には、男女合わせて三十四人が在籍している。単純計算で、一人あたり十七冊。想像以上の重量に、愛衣の二の腕は小さく震えた。

階段の前まで戻ってきたとき、睦月の身体がよろけて、六、七冊の「夏休みの友」が床に散らばった。段差に躓《つまず》いたようだ。最後の最後まで、と愛衣はうんざりした。このまま気づかなかったことにしたいが、同じ場所に同じものを取りに行った二人が同時に戻ってこないのは、さすがに不自然だ。愛衣は抱えていた問題集を階段の端に置いた。落ちていた「夏休みの友」を手早く拾い集めて、睦月の腕に残っていたぶんに重ねる。睦月は、あ、と顎を突き出し、階段を上り始めた。

礼すら言わない。感じが悪い。まったくもっていつもどおりの彼だった。周りの人間を故意に騙し、それがばれて、なのに悪びれない。愛衣は小学六年生のときに自分が吐いた嘘を思い出した。クラスメイトに嫌われたくなくて、知ったかぶりをした。その程度の嘘でも、口にしたあとは落ち着かなかった。睦月は今、なにを考えているのだろう。愛衣は衝動的に、

「あれ、誰の写真なの？」

と、尋ねた。

「従兄弟だけど」

睦月は階段をみっつ上がったところで振り返った。

「従兄弟？」

「もう大学生だけど。うちの隣に住んでる」

前髪の隙間から覗く睦月の目は、虹彩《こうさい》の色が明るかった。

「え、なに？　大島さんも俺に謝ってほしいの？　でも、無駄だよ。謝るくらいなら、俺はやらない。謝るふりもしない」

愛衣は無言で笑う睦月を見上げた。階段で底上げされていることは分かっていたが、普段よりも頭の位置が高いだけで、睦月が急に大人びたように感じられる。笑い声が収まるのを待って、愛衣は、

「別に謝ってほしいわけじゃないよ。ただ理由を知りたかっただけ」

と答えた。

「なんて言ったらいいのかな。真実を見抜ける人間が果たしてうちの学校にどのくらいいるのか、テストしてみようと思ったんだよね」

「テスト？　なにそれ」

ゲームや漫画に出てくるキャラクターの真似《まね》でもしているのかと、愛衣は眉をひそめた。整髪料で髪を整えているような男子も、女子のいないところでは、いまだにオリジナルの必殺技を考えて遊んでいると聞いたことがある。男子ってまじで馬鹿だよね、と女子の一部に囁かれているのは、こういうところが原因かもしれない。あー、ちょっと難しかったよね、と睦月は哀れむような目で首を傾けて、

「従兄弟の兄ちゃんが言ってたんだ。インターネットがこれからもっと盛んになれば、情報が氾濫《はんらん》する時代がやって来るって。その中のなにが本当でなにが嘘か、真実を見抜く力のない奴《やつ》は、情報の波に飲み込まれて死ぬって。つまり、今回の偽写真は、未来の敗者をあぶり出すための実験みたいなものかな。おっかしかったあ。あいつら、全然疑おうとしないんだもん。俺は、負け犬には絶対に頭を下げたくないね」

愛衣の家にパソコンはない。だからなのか、愛衣には睦月が言っていることの半分も理解できなかった。ひょっとして、睦月自身もよく分かっていないのではないかと思う。た

だ音を発しているだけに聞こえる単語がいくつもあった。

「私はインターネットのことは全然分からないけど、でも、真実にそれほど価値はないと思うよ」

自分の体質を羨ましがられたような気がして、むっとした。愛衣にとって、真実とは知らなければよかったこととイコールだ。隠しごとを嗅ぎつけられる能力に感謝したことはほとんどない。愛衣の言葉に、あー、だからか、と睦月は頷いた。

「それ、どういう意味？　田中くんはなにが言いたいの？」

「だから大島さんは、平気な顔で友だちごっこができるんだなあと思って」

愛衣は目を瞬いた。友だちごっこという言葉に心当たりはなかった。愛衣の沈黙を、図星を突かれたショックによるものと解釈したようだ。睦月は勝ち誇ったように続けた。

「大島さんは、本心では原田《はらだ》仁美のことを見下してるよね。だけど、ひとりぼっちになるのが嫌だから、一生懸命、仲がいいふりをしている。そうでしょう？」

「なんだ、そんなこと……」

愛衣はゆるゆると息を吐いた。腕の力が抜けて、問題集の束を落としそうになる。慌ててきつく抱え直した。

「そんなこと、私だけじゃなくて、みんなやってるよ」

愛衣が孤立を恐れて仁美と共にいるように、仁美も同じ動機から、愛衣と一緒にいる道を選んでいる。仁美が本当に仲良くなりたいのは和津で、しかし和津は、部活の暇つぶしの相手程度にしか愛衣や仁美を捉えていない。すべて暗黙の了解だ。それでも、互いに好意がゼロならば、トイレや忘れものを取りに行くのに付き合ったり、手紙を交換したりはしない。友情は、好意と思惑とタイミングが重なる場所に、日々の努力で咲かせるものなのだ。

「あのね、田中くん。一生懸命、友だちごっこができる相手のことを、友だちって言うんだよ」

大切なのは、表面を取り繕いたいと思うことと、思われること。剝き出しの真実よりも、手の込んだ作りもののほうが愛情に近い。愛衣はそう考えている。睦月の目が、トランプゲームでいかさまを見つけたときのように光った。

「女子って、特にそんな感じだよな。真実を全然見ようとしない。そんな上っ面な友だちに、なんの意味があるの?」

格好いいだけの言葉だな、と愛衣は口元を緩めた。心の一部を預け合える友だちを切望していたかつての自分が脳裏をよぎり、今度は睦月が年下のように思えてくる。ほんの一瞬、あのぼさぼさ頭を撫《な》でてみたいと思ったが、フケを認めると同時に我に返り、髪に触れる代わりに穏やかな声音で答えた。

「私たちは、平和に学校生活を送りたいの。無駄に傷つきたくないの。そのために友だち同士で支え合ってるんだよ」

愛衣は問題集の山を崩さないように階段を上り、睦月の横に並んだ。睦月は「夏休みの友」の題字を凝視したまま、全身の動きを止めていた。早く行こうよ、と愛衣に声をかけられて、やっと顔が前を向く。白目がわずかに充血していた。

「俺は、そんなのは嫌だ」

「田中くん」

「俺は、本物の友だちしかいらない」

そう吐き捨て、睦月は駆け出した。徒競走でスタートを切るような勢いに、愛衣は追いかけることもできない。汗でシャツの透けた背中が踊り場を曲がったとき、蟬の声が一層大きくなったような気がした。


芝生の緑がプールの水面のように輝いている。木漏れ日もペーパーナイフのように鋭くて、愛衣は目をすがめつつ、アスファルトで固められた小道を進んだ。ここはどこだろう。右手の奥には、遊具に群がる子どもたち。左手の木陰では、数組のカップルがレジャーシートの上でじゃれ合っている。もしや、自分だけがひとりぼっちなのか。愛衣が不安を覚えたとき、見覚えのある時計台が目に飛び込んできた。

「あっ、緑地公園」

そうだ、写生会に参加したのだと、愛衣はようやく思い出した。いつの間にか、手には画板を持っている。でも、どうやってここまで来たのだろう。親に送り迎えを頼んだ覚えがない。バスに乗った記憶もない。なにもかも曖昧なまま、愛衣は先を急いだ。誰かを探しているような気がしている。自分はその人に会わなければならない。なんとしても。

懸命に足を動かしても、進んでいる実感は得られなかった。水筒の肩紐《かたひも》は剝き出しの腕を擦《こす》り、絵の具セットや弁当を詰めたリュックサックは重い。くじけそうになりながら、それでも休まず歩き続けて、やっと目的地だと思える場所に到着した。工事現場で使われているような真っ青なシートの上に、少女が体育座りをしている。愛衣は彼女に向かって、

「吉乃ちゃーん」

と呼びかけた。

「あっ、愛衣ちゃーん」

雲ひとつない快晴のような笑顔で、吉乃はぶんぶんと手を振った。愛衣は全速力で吉乃のもとに駆けつけて、彼女の画板を覗き込む。途端に、心臓が小さくつねられたような気がした。吉乃の画用紙には、古びた東屋《あずまや》が描かれていた。

「これ描いてるの？」

愛衣は吉乃の正面の東屋を指差した。何十年前に建てられたものなのか、木材は朽ちかけ、全体的に苔《こけ》むしている。屋根には穴が空き、そこから差し込む光はまるで糸のようだ。

愛衣は吉乃の画用紙に視線を戻した。まだ細部には着手していないのに、柱の湿った匂いが鼻孔まで立ち上ってくるみたいだった。

「こういう寂しいものが好きなんだよね」

小声で言うと、吉乃はふたたび笑顔になって、ねえねえ、愛衣ちゃんも一緒に描こうよ、と隣の芝生を指差した。

「いいの？」

「もちろん。当たり前じゃない」

当たり前？ 本当にそうだろうか。胸に芽生えかけた疑問を引っこ抜き、愛衣はリュックサックから、カエルのイラストが全面にプリントされたレジャーシートを取り出した。小学校の低学年のときに買ってもらったもので、子どもじみているとは思ったが、それをからかう吉乃でないことは分かっていた。

「わーっ、懐かしい」

「私、このキャラクターが好きだったんだ」

「可愛いよね。私はかたつむりの子がお気に入りだったよ」

ずっと、吉乃とこういう話がしたかった。そんなふうに思った瞬間、目に熱いものがこみ上げてきて、愛衣の胸はまたもざわめいた。果たして自分と吉乃は、これほど屈託なく話せる間柄だっただろうか。なにかがおかしい。スケッチの用意をしているあいだにも、嫌な予感はますます大きくなっていく。そもそも自分は、写生会を欠席しようと考えていたはずだった。

「愛衣ちゃん、どうしたの？　体調がよくないの？」

これは夢だ。

吉乃に顔を覗き込まれたとき、愛衣はすべてを悟った。だとすれば、終わりは間もなくやって来る。吉乃の隣にいられる時間は、決して長くない。心臓の鼓動は急激に速くなり、口の中は全力疾走したあとのように乾き始めた。今までにこっそり見てきた吉乃の絵が、脳裏に浮かんでは消えていく。家庭科室のやかんにティッシュペーパーの箱、ジュースのペットボトルや、ジャムの空き瓶。食品サンプルの果物に、花壇のレンガ、そして、花瓶――。

「大丈夫？　小和田先生を呼んでこようか？」

「ううん、平気。ありがとう」

愛衣は首を横に振り、胸の中で呟いた。

たぶん私たちは、本物の友だちになれるよ。

この根拠のない予感を、自分はいつになったら捨てられるのだろう。去年の四月に美術室で会ったときから、仲良くなれたらいいな、と思っていたこと。なのにチャンスが見つからないこと。吉乃の話を聞いてみたいと、吉乃なら自分のどんな話も真剣に聞いてくれたはずだと、どうしようもなく思ってしまう瞬間があること。吉乃の友だちが羨ましいこと。

口にすれば、夢の中でも気持ち悪がられることは分かっている。だから言わない。遠くでベルが鳴り始めた。外の世界に朝が来たようだ。愛衣は身体ごと吉乃に向き直った。

「私ね、新藤さんの絵が好き」

「えっ」

吉乃の目が丸くなる。愛衣は必死に、新藤さんの絵が好きなの、と繰り返した。吉乃の作品を眺めていると、自分の感情に命が宿るのを感じる。絵に心が動かされるというのは、大人が子どもに芸術を教育したいときの単なる常套句《じょうとうく》だと、ずっと思っていた。だが、違った。あの言葉は、嘘でも誇張でもなかった。そのことを、愛衣は吉乃の絵に出会って知った。

「本当に、すごくすごく素敵だと思う」

「ありがとう、大島さん」

照れたように微笑《ほほえ》んで、吉乃が頷く。この顔を、網膜に、脳に焼きつけておきたい。愛衣は願う。しかし、緑地公園の木々も、ぼろぼろの東屋も、吉乃の青いビニールシートも、夏の日差しの中にじわじわと溶けていく。

手のひらで叩いて目覚まし時計を止めた。薄目を開けて時間を確認する。八時一分。ふぅ、と息が漏れた。夏休み中も平日は八時に起きるよう、母親に言われていた。今年は終業式が金曜だったから、月曜の今日こそが、夏休みの初日のような気持ちだ。

ベッドから起き上がり、両手を挙げて伸びをした。なんだか身体が軽い。いい夢を見たのだろうか。頭の中も不思議にすっきりしていた。カーテンを一息に開ける。太陽はすでに高く昇っている。今日も暑くなりそうだ。

ブラックシープの手触り

　着信メロディが鳴る。一生一緒にいてほしい、と、男が女に関西弁で請うこの歌はエミの大のお気に入りで、しかし、レゲエのリズムを取り入れた特徴的なメロディもデジタルな曲調に落とし込まれると、途端に夕方のスーパーマーケットで流れているような安っぽいものに変わった。

「やっと返事が来たあ」

　エミが細い眉毛を撥《は》ね上《あ》げて叫ぶと同時に、グラスの中の氷が崩れた。季節外れの涼しげな音色が、夜十時を過ぎたファミリーレストランの店内にカランと響く。よかったね、と短く返して、愛衣は窓ガラスの外に目を遣《や》った。街路樹の向こうを往来する車のヘッドライトは暗がりを切り裂くようで、その向こうにそびえるマンションの光は星屑《ほしくず》みたいだ。親がそばにいるかいないかで、夜の街はまったくの別物みたいに網膜に映る。今、目の前に広がる景色は、ハサミでたやすく切り取れそうなほど、光の輪郭がくっきりしていた。

「なあんだ。ずっと寝てたんだって。昨日の飲み会でオールしたらしいよ」

二枚貝のような携帯電話を両手で持ち、エミが拗《す》ねたような目で笑う。だから言ったのに、と応えて、愛衣はメロンソーダをストローで啜《すす》った。薄まっていて炭酸も抜けているが、緊張感が漂わないエミとの時間を表しているみたいな味で、これはこれで悪くないと思う。メロンの香料が鼻から抜けた。

「どうしよう。二日酔いで辛《つら》いときに返信を急《せ》かしちゃって、タイシ、私のこと嫌いになったかな。メールが長いって、前に言われたことがあるんだよね」

確かにエミのメールは長い。十字キーの下ボタンを押しても押しても文字が出てくる。

二年前、愛衣が高校一年生のときに、各通信会社が携帯電話のEメール送受信サービスを始めた。これにより、キャリアの違いを超えてメッセージをやり取りすることが可能になり、文字数制限はあってないようなものになった。

「んー、でも男って、そもそもメールがあんまり好きじゃないよね」

去年の夏に二ヶ月間だけ付き合った隣のクラスの男子や、メールでやり取りしたことのある男たちを思い出し、愛衣は応えた。

「男って、すぐに電話したいって言ってこない？　こっちは雑談したいだけなのに、なにか用？　って訊《き》いてくるし」

「そういえば、小中学生のときに友だちと手紙を交換するのも、女子ばっかりだったよね。あれ、どうしてなんだろう。まあ、私はあんまり好きじゃなかったけど」

「なんで？　私は好きだったよ。手紙を書くのも、もらうのも」

「なんかこう……もどかしくなかった？　手紙は返事が来るまでの時間がどうしたって長いじゃん？　しかも、送った文章が自分の手元に残らないから、変なことを書いちゃったかもしれないって、ずーっとどきどきしてた。メールのほうが、実際に会ってるみたいにやり取りできるし、受信時刻の直前には私のことを考えてたことが分かるから、断然好き」

「まあ、メールは便利だよね。メールがなかったら、エミともこんなふうに会えないし、私も好きだよ」

　メロンソーダをもう一口啜る。残りわずかだったらしく、きめの粗い布で鼓膜を擦《こす》るような音が響いた。愛衣が携帯電話を持ち始めたのは、中学三年生の三月のこと。卒業して離ればなれになる前に携帯電話の番号を交換できたらいいよね、という動きに飲まれて、愛衣も親に買ってもらったのだ。あのとき、十数人の番号をアドレス帳に登録したが、今でも連絡を取り合っている相手はほとんどいなかった。

「あー、お腹《なか》が空《す》いてきちゃった。でも、最近体重がやばいんだよね。ローライズのジーンズにお腹の肉が載っちゃうの。ねえアイ、ポテトを一皿頼んで、半分こしない？」

「いいけど、エミがやばいんだったら、私なんて完全なでぶだよ」

「アイはそのくらいでちょうどいいんだよ。タイシも、アイちゃんって抱き心地がよさそうだなって言ってたよ」

エミが上目遣いになると同時に、甘酸っぱい匂いが鼻先をかすめた。エミの恋人のタイシとは、一度だけ顔を合わせたことがある。デビューを目指してバンド活動をしている二十五歳の男で、軽薄そうな佇《たたず》まいは愛衣の好みではなかった。だが、エミにとっては非常に魅力的な人間のようだ。愛衣が本当にタイシに興味を持っていないかどうか、エミはしばしば確かめたがった。

「それ、遠回しにでぶって言ってるんだよ。やだやだ、これだから、モデル体型の女子を恋人にした男は」

「モデル体型じゃないって」

薄手のニットに包まれた身体《からだ》を揺すり、エミは笑った。マスカラに縁取られた黒目が見えなくなり、グロスを塗られた唇の口角が上がる。V字にデザインされた襟元からは、鎖骨が自己主張するように浮き出ていて、ウエストラインはくびれていた。初めて声をかけられたときも、化粧の派手さとスタイルのよさが真っ先に目についた。自分と同い年には思えなかった。

エミとは二ヶ月前に、ショッピングセンターモアで知り合った。友人から一方的に責め立てられた出来事を思い出し、暗い気分でうろついていたときに、一人？ と話しかけられたのだ。小学生のときには憧れの買いもののスポットだったモアも、同じ高校に通う生徒からはすっかりダサい場所として認識されていた。服や雑貨は中高年向けのものばかりで、写真シールを撮影できる機械も古い。自分のほかにここを訪れている女子高生がいるとは、思ってもいなかった。

「ねえねえ、タイシの知り合いで、やっぱり女子高生の彼女をほしがってる人がいるんだって。アイのこと、紹介していい？」

「やめてやめて。私、今、恋愛に興味ないし」

「えー、もったいない。ちらっと写真を見せてもらったけど、結構格好よかったよ。それに、あと半年経《た》ったら、私たちは女子高生を名乗れなくなるんだから、今のうちにこのブランドを活用しておいて損はないって」

モアで初めて会ったときにも、エミは愛衣にたくさんの助言を授けた。あまりお金を使わずに長い時間をやり過ごしたいなら、モアよりもファミリーレストランのほうが都合がいいこと。特にパチンコ屋の隣にある店はいつも空いていて、穴場だということ。高校の制服を着ていると警察官に声をかけられやすく、夜遅くまで街をふらつけないこと。高校の通学鞄《かばん》に私服を詰めておいて、授業が終わったらすぐに着替えると便利であること。化粧をすると一気に雰囲気が変わること——。

「んー、やっぱりいいや。今度こそ本気で好きになった人と付き合いたいし」

愛衣は店員を呼び止め、フライドポテトを注文した。えー、アイとダブルデートがしたかったのにい、とエミが唇を尖《とが》らせる。人の誘いを断ったり、反対意見を述べたりするのが苦手な愛衣も、エミに対しては初めから率直に振る舞うことができた。愛衣はエミが通っている高校を知らない。自宅の場所や誕生日、フルネームも聞いていない。そもそもそういう話にならなかった。

「お待たせしました」

店員がフライドポテトの入った器をテーブルに置いた。熱いうちに食べようよ、と手を伸ばして、愛衣はエミの向こうの光景にふと目を奪われる。キッチンとホールを遮る扉が開き、白い帽子に白いシャツを身に着けた同年代の店員が、カウンターの料理にソースをかけているのが見えた。四番テーブルのバーグあがったよ、と彼が笑顔で叫ぶ。その顔に、どうにも見覚えがあった。

「どうしたの？　食べないの？」

「あ、食べる食べる」

誰だっけ、と考えながら、愛衣はポテトを一本口に運んだ。この店にはエミとほぼ毎晩訪れているが、店員に知り合いがいるかもしれないと感じたことは一度もない。気のせいかもしれない。

その後、エミの携帯電話からふたたびあの着信メロディが鳴り響き、急遽《きゅうきょ》タイシに会えることになったというエミと別れて、愛衣は帰路に就いた。十一月らしい、底冷えのする夜だ。ダッフルコートの一番上のトグルを留めたがそれでも寒く、ロングマフラーを巻いた通行人とすれ違うたび羨ましくなった。

十数分後、到着した自宅のリビングには、今夜も明かりが点《とも》っていた。愛衣はため息をひとつ吐《つ》き、車庫の隅に自転車を停《と》める。それから、持っていた鍵で玄関のドアを開けた。

「愛衣」

「おかえり」

「……ただいま」

玄関に現れた両親は、落ち着きなく手を動かしていた。一ヶ月前に、私のことは放っておいて、と吐き捨ててから、二人は愛衣の夜遊びを叱らなくなった。化粧をして私服で帰ってきても、なにも言わない。代わって懐柔作戦を取ることに決めたらしく、近ごろは妙に優しく接されている。リビングのテレビはニュース番組を映しているのか、九月十一日にアメリカで起こった同時多発テロについて、コメンテーターと思《おぼ》しき男が熱心に語る声が聞こえてきた。今、アメリカでは、犯行グループと同じ宗教を信じている人たちに対する差別や敵意が、社会問題になっているそうだ。

「お腹が空いてるなら、冷蔵庫にポトフの残りが入ってるからね」

「美味《おい》しかったぞ」

「……いい。いらない」

愛衣は二人の横をすり抜け、階段を上がった。自室に入り、ドアを閉める。鞄を床に放り投げ、ベッドに身を投げた。中学生のときも、親の一挙手一投足に無性にイライラした。でも今は、それよりも温度の低い、尖った氷のような感情を親に覚える。鬱陶しい。そう、ひたすらに鬱陶しかった。

「あー、早く明日の夜にならないかな」

ベッドに寝転んだまま、携帯電話をぱかりと開いた。受信フォルダを開き、過去に受け取ったメールをランダムに読み返していく。疲れていても、自分宛の文章だと永遠に読めるのはなぜだろう。隠しごとの匂いがしないから、文面をそのまま受け止めればよく、心に負担がかからないのかもしれない。携帯電話が普及して本当によかったと愛衣は思う。エミと知り合う前は、ときどき出会い系サイトにアクセスして、見知らぬ人とメールだけのやり取りをしていた。会いたいとか電話で話したいとか、相手が面倒くさいことを言い始めたら、返信しなければいい。愛衣にとって、メールは最高の暇つぶしだった。

〈今、なにしてんのー?〉

〈俺たち、気が合うね〉

〈英語の課題の範囲、教えて!〉

バックライトの眩《まぶ》しさに、視界がかすむ。眼球の奥が痛い。それでも愛衣は、自分宛の言葉に目を通し続ける。

数学教師が教室を出て行くのと同時に、机にうつ伏せた。天板の冷たさが、ブレザーの布地を通過して腕に伝わってくる。椅子の脚が床を擦る音と、やけに響いて聞こえるクラスメイトたちの声。そこから律子《りつこ》と宏美《ひろみ》と牧恵《まきえ》の声を拾わないよう、愛衣は今日も脳内で歌を歌った。最近のお気に入りは、四人組の女性アイドルユニットがじゃんけんする歌だ。友情も恋愛も家族のこともまったく出てこない歌詞が、今の心にちょうどよかった。

二ヶ月前、愛衣は律子の恋人が他校の女子高生と手を繋《つな》いで歩いているところを偶然見かけた。初めは人違いかと思った。愛衣を含めて、二、三ヶ月の交際期間で破局するカップルが多い中、律子と彼は一年以上も続いていたからだ。彼が浮気をするはずない。そう考えて目を逸《そ》らそうとしたとき、向こうが愛衣に気づいた。視線が交錯した次の瞬間、己の不運を嘆くように歪《ゆが》んだ彼の顔を、愛衣はこの先も忘れないだろう。それと同じタイミングで、彼の身体からは隠しごとの匂いが勢いよく放たれた。

相手が抱く焦りや後ろめたさに、愛衣は嗅覚で気づいてしまう。このおかしな体質に、今までどれほど苦しんだことか。クラスメイトの一人が教師に恋愛感情を募らせていることにぴんときて、友人の、寝ちゃってメールが返せなかったという言葉が嘘《うそ》だと見抜いて。

高校に入学して以降、愛衣はさらに一歩距離を置いた人付き合いを心がけるようになった。律子の恋人の一件も、面倒に発展することを恐れて、律子には言わないと決めていた。

　だが律子の恋人は、自分の罪をあっさり律子に告白した。加えて、浮気現場を愛衣に見られたこと、それにより、いつ律子の耳に入るだろうと怯《おび》えながら過ごすことに耐えられなくなった、と述べた。

　彼との恋人関係をきっちり清算したのち、律子は、言ってほしかった、と愛衣に涙声で訴えた。宏美と牧恵も、律子が可哀想《かわいそう》だよ、と口を揃《そろ》えた。三人は今でも、愛衣と一緒に弁当を食べたり教室移動をしたりしている。皆、もう高校生だ。さすがに友だちを簡単に仲間はずれにはしない。だが愛衣は、正方形のように等間隔に打たれていた四つの点のうち、ひとつが大きく引き離され、微妙な形に変化したのを感じた。四人で話していても、自分の声だけが場に馴染《なじ》まない。彼女たちの何気ない目配せにも、あの匂いがたびたび漂ってくることにも心が毛羽立つため、近ごろは眠気に負けたふりをして、休み時間はなるべく一人で過ごすようにしていた。

　いや、眠いのはまんざら嘘ではなかった。毎晩のように遅くまでエミと遊び回っていることが、確実に身体に響いている。エミといると楽しい。学校だけがすべてではないと思える。じゃんけんの歌がふっと途切れ、眠りの世界に落ちそうになったとき、始業のチャイムが鳴った。

「席に着けー、始めるぞー」

世界史の教師は五十代前半の男で、色白だからか、肌が桃色がかって見える。ピンクの豹《ひょう》のキャラクターに似ていることから、陰でパンサーと呼ばれていた。愛衣はパンサーの野太い声に身体を起こし、教科書を数学から世界史に取り替えた。

「最初の十分は、今日も中東のおさらいをするからな」

アメリカで大規模なテロが起こったことで、年明けの大学受験でも中東について出題されるはずだと、毎回授業の冒頭に少しずつ復習していた。愛衣の通う高校は歴史科目の実験対策に力を入れていて、二年生に上がる際に世界史を選択した生徒は日本史を、日本史を選択した生徒は世界史を、一切学ばない。自分が選んでいないほうも時間割には入っているが、実際はそこに選んだほうの歴史科目が充てられていた。

「えー、十五世紀に入ると、オスマン帝国は東ローマ帝国を滅ぼして、さらに領土を拡大する。これが、一四五三年の出来事だ。この東ローマ帝国の首都の名前は重要だぞ。去年のテストにも出したからな。みんな、ちゃんと覚えてるかー」

〈コンスタンティノープル〉と黒板に書き込んだパンサーの手から、にわか雪のように粉が舞う。その直後だった。愛衣は脳裏に既視感が生まれるのを感じた。黒板の文字列を見つめて、愛衣は声を上げそうになる。去年、愛衣は教室を出ようとして、廊下から入ってきた男子と正面衝突した。目の前に火花が散るような衝撃だった。愛衣の痛みは間もなく薄れたが、次の世界史の授業に相手の姿はなく、クラスメイトがパンサーに告げた、彼は保健室に行ったという説明に動揺した。気もそぞろに受けたあのときの授業に、コンスタンティノープルという単語が出てきたような記憶があった。

「それで、このコンスタンティノープルが、今のイスタンブールだ」

パンサーが手のひらで黒板を叩《たた》く。間違いない。昨日、ファミリーレストランの厨房《ちゅうぼう》で見かけた店員は、あのとき自分とぶつかった芳村京介《よしむらきょうすけ》だ。京介は、進学校と評されているこの学校には珍しい、荒っぽい雰囲気の男子で、常に不機嫌そうに振る舞っていた。ギャルではない愛衣に彼との接点はなく、まともに口を利いたのも、衝突したときにとっさに謝ったのが、最初で最後だった。

芳村くん、笑えたんだ。

昨日、目にした笑顔を思い出す。二年生の三学期、京介は三日間の自宅謹慎処分を受けたのち、高校を辞めた。授業態度を注意されたことに腹を立て、英語教師の眼鏡をむしり取り、床に投げ捨てたのが原因だった。当時の担任教師は京介の退学を告げたあと、彼にお別れのメッセージを書くよう、クラス全員にまっさらな紙を配った。愛衣はぶつかったときのことを謝りたかったが、教師が目を通すことを考えると躊躇《ためら》われて、結局、〈これからも元気に頑張ってください〉と当たり障りのない文章を綴《つづ》った。

パンサーが黒板に、〈一四六〇年にミストラが陥落〉と書きつける。そうだ、芳村くんだ、と愛衣は胸中で繰り返す。ミストラがどこの国の都市か分かるか、とパンサーが後ろを振り返り、愛衣は慌てて集中しているふりをした。

自転車を停めて店の入り口に向かおうとしたとき、生け垣の向こうで物音がした。このファミリーレストランの駐輪場は、店の裏口と隣接している。生け垣と白いフェンスに囲われてはいるが、外から見えないよう完全に覆われているわけではない。もしかして、と愛衣が首を伸ばすと、キッチンスタッフ用の制服を身に着けた京介が、ゴミ袋の口を縛っているのが見えた。

先週、客席から見たときには気づかなかったが、帽子に収まりきらない京介の髪は茶色に染まっていた。眉もあのころよりさらに細く整えられ、まるで昆虫の触角のようだ。寒さに軽く苛立《いらだ》っている様子だが、教室でよく見かけたような仏頂面ではない。佇まいは、むしろ柔らかだった。

愛衣の視線に気がついたのか、京介が顔を上げた。

「あ」

京介の眉が中央に寄った。

「えっと……大島、だっけ？」

愛衣は思わず生け垣の切れ目に身体を入れ、フェンスに顔を近づけた。

「私のこと、覚えてたんだ」

「二年のとき同じクラスだったし、それに」

京介はここで言葉を切ると、口端を歪めて笑った。ゴミ袋を乱暴な手つきで小型収納庫に放り込み、

「一回、俺ら――」

「思いっきりぶつかったよね」

愛衣が言葉を差し込むと、京介は首の後ろに手を当てた。

「あー、大島も覚えてたんだ」

「あのときはごめんね。芳村くん、あのあと保健室に行ったんで――」

「別に大島が謝ることじゃないよ」

京介が低い声で遮る。だが、怖くはない。彼の雰囲気がまろやかになった以上に、去年とは比べものにならないほど、自分の神経が太く強くなったことを感じた。夜遅くまで遊び回ることを覚えて、愛衣は怖いと思うものが減った。大人から散々脅されていた夜の街はただただ自由で、空が暗くなるにつれて、いろんなしがらみが身体からほどけていくような気がした。

「今から食事？」

「食事っていうか、友だちと喋《しゃべ》りに来た」

「へえ」

京介の視線が、愛衣の頭からつま先までをなぞる。もちろん、今は制服を着ていない。ベージュのダッフルコートの下は、トレーナーにデニムスカートという組み合わせで、足もとはハイソックスとスニーカーだ。このスカートを愛衣は気に入っていたが、すでに髪を染めている京介には子どもっぽく見えるかもしれない。最近買ったワンピースにすればよかった、と思ったとき、

「なんか意外」

京介が呟《つぶや》いた。

「なにが？」

「大島がこんな時間にファミレスに来るタイプだとは思ってなかったから」

反射的に腕時計に目を落とす。時計の針は、夜の八時二十分を回っている。今日は八時以降じゃないと会えないとエミにメールで告げられて、愛衣は学校が終わってから今まで、モアや古本屋で時間を潰していた。

「だめかな」

「そうは言ってない」

「芳村くんは、ずっとここで働いてるの？」

「今年の夏からだよ。俺、今バイトをみっつ掛け持ちしてるんだ。先月十八歳になって、

夜十時以降もシフトに入れるようになったから」

「そっか。十八歳かあ」

「なにしみじみしてるんだよ。大島も、来年の三月までには十八歳になるんだろ。俺と同い年なんだから」

「うん。来週で十八になる」

「なんだ。もうすぐじゃん」

「そうなんだけど」

　来週の誕生日を迎えても、十八歳にしかなれないことがもどかしいのだとは言えなかった。愛衣は早く大人になりたかった。エミの言う、貴重な女子高生ブランドを脱ぎ捨てることも惜しくない。だって、大人はみんな、友人関係に悩んでいないように見える。両親から仕事や親戚関係のぼやきを聞くことはあっても、友だちと揉《も》めているという話は耳にしたことがない。このファミリーレストランで口論する大人を見かけても、耳を澄ませたところで聞こえてくるのは恋愛関係を思わせるフレーズばかり。それが羨ましかった。

　肩に掛けた鞄の中、携帯電話が短く震えた。愛衣の予想どおり、受信したメールのFromの隣にはエミの名前が表示されている。本文ではなく、件名欄に書かれた、〈まだー?〉の一文に、愛衣は急いで携帯電話を閉じた。

「店に入るね。友だちが待ちくたびれてるみたい」

「俺もそろそろ戻らないと」

じゃあ、と同時に手を上げて別れた。小走りで入り口のほうに回りながら、あの京介と普通に話せたことを、愛衣は今更ながらに不思議に思った。入店し、あたりを見回してエミを探しているあいだも、すぐ近くのキッチンで京介が働いていることを思い浮かべて、口元が何度も小さく緩んだ。

「アイ、こっちー」

視界の隅でエミの手が揺らめいた。お待たせ、と愛衣はエミの正面に腰を下ろした。

「遅いよー」

「ごめんごめん」

「どうしたの？　なにかあった？」

遅くなった理由を問われているのかと思ったが、エミは愛衣の目を見つめて、

「なんかにこにこしてる」

と、小首を傾《かし》げた。

「えっ、そうかな」

愛衣は反射的に自分の顔に手を当てた。一瞬、京介のことを話そうかと思ったが、どこからどんなふうに語ればいいのか、見当もつかない。高校を退学した元クラスメイトとおよそ一年ぶりに再会したという要点だけでは、愛衣が今にこにこしていることの説明には

ならないだろう。いや、にこにこしているというエミの指摘が当たっているかどうかも、まだ分からなかった。

「今日はなに飲もうかなって考えてたからかも」

「なにそれー」

エミの笑い声の隙間を縫い、愛衣は店員にドリンクバーを頼んだ。エミは今までタイシと映画を観に行っていたらしく、数日前に公開された、イギリスの児童文学が原作のファンタジー映画について、超面白かった、と頬を紅潮させて語った。主人公が魔法を使ったり、箒《ほうき》で空を飛んだりするシーンがすばらしく、本物の魔法使いを目にしたような気持ちになったそうだ。感情表現が真っ直《す》ぐで、自分のことばかり喋るから、愛衣はエミのことが好きだった。

ドリンクを四回おかわりして、携帯電話の時計が十一時を過ぎたところで店を出た。歩いて来たというエミと別れて、駐輪場に向かう。愛衣が自転車のスタンドを蹴り上げると、人気のない暗がりに金属質の音が響いた。この場所でこの音を聞くのが嫌いだ。自由な時間が終わりを迎えたことを痛感させられる。これから家に帰り、親のなにか言いたげな視線を受け止め、明日はまた、学校に行かなくてはならない。ため息がこぼれた。

サドルに跨《また》がり、つま先歩きで店の敷地を出る。そこから数十メートル走ったところで、愛衣は背後から自転車が追いかけてくることに気がついた。かなりのスピードだ。ひったくりか、それとも変質者か。前方にコンビニエンスストアの看板が見えて、とりあえずあそこに駆け込もうと決心したとき、大島ーっ、と京介の叫び声が耳に飛び込んできた。

「大島、待って待って、ちょっと待って」

愛衣は自転車を道の端に寄せ、ブレーキをかけた。その真横に錆《さ》びた自転車が滑り込み、黒板を爪で引《ひ》っ掻《か》いたような音と共に急停止する。ハンドルを握り締めたまま肩で呼吸を繰り返す京介は、去年話題を集めたフリース生地の上着を羽織っていた。その横顔に、どうしたの？　と愛衣は尋ねた。

「俺、今日は、十一時上がり、だったんだ。帰ろうとしたら、ちょうど、大島の姿が見えて、それで……」

「あ……うん」

また偶然会えたらと心のどこかでは期待していたが、たった数時間で望みが叶《かな》うとは思わなかった。正しい反応、つまりは怪しまれずに、さりげなく好印象を与える相槌《あいづち》が分からない。頷《うなず》くことしかできない愛衣に、京介は、

「家、どこ？　近くまで送るよ」

と言った。

「えっと……」

卒業した中学の名前を挙げて愛衣が住所を説明すると、あっちのほうだよな、と京介は

東の空を指差した。なぜかペダルを漕《こ》ぐ雰囲気にはならず、二人で自転車を押して歩き出す。会話はない。それでも気まずさは感じなかった。むしろ、自宅が数十センチずつ後退すればいいのに、と願った自分に愛衣は驚いた。去年、二ヶ月間だけ男子と付き合ったときも、そんなことは思わなかった。向こうから告白され、いいんじゃない？　と律子たちに勧められて、なんとなく交際を決めた相手だった。僕たちは僕たちのペースでね、と言いながら、彼はあの甘さと酸っぱさを混ぜた匂いをたびたび身体から発して、ああ、この人は自分と性行為がしたいのだと気づいたとき、愛衣は別れを告げた。

カラカラとタイヤを回して、二台の自転車が進む。回転数が足らないのか、どちらのライトも消えかかっていて、歩いているうちに、光を求めて街灯を渡り歩いているような気持ちに駆られた。駆け込むつもりだったコンビニエンスストアの前を通り過ぎ、ふたつ目の横断歩道を渡ろうとしたとき、歩行者信号が赤になった。車通りはほぼ皆無で、愛衣も普段は無視して渡っているが、今日はそれが常識だからという顔で足を止めた。

「俺、さ」

歩行者信号に視線を据えたまま、京介はゆっくりと口を開いた。顔が赤っぽく照らされている。うん、と愛衣は声を絞り出した。

「高校に通ってたとき、クラスの雰囲気をすげえ悪くしてたと思う。話しかけられても気分が乗らないと平気で無視したし、係の仕事や掃除も全然やらなかったし、物に当たることもあったし」

「えっと……」

「正直に言っていいよ。嫌な奴《やつ》だったよな、俺」

「ちょっとだけ、怖かった……かも」

京介が退学すると知らされたとき、教室の空気がにわかに緩んだことを思い出す。京介とぶつかった際も、申し訳なさより先に恐怖を覚えた。その後もしばらくは、彼の怒りがぶり返したらどうしようとどきどきしていた。

「言い訳になるけど、一年生の終わりごろに父親の会社が潰れて、家の中が大変だったんだ。離婚するとかしないとか、俺を公立校に転校させるとかさせないとか、とにかく毎日親が揉めてた。でも学校に行くと、みんな呑気《のんき》にテレビとか音楽の話をしていて、なんで自分だけがこんな目に遭わなきゃいけないんだろうって思ってた」

「そうだったんだ」

家族が著しく不和だったり、生活に困窮していたりする子がかつて同じクラスにいたという事実に、愛衣は驚きを感じた。そういう話はテレビの中の出来事のように思っていた。でも、自分が気づいていなかっただけで、小中学生のときも身近にいたのかもしれない。己の鈍さと傲慢さに、頬が熱くなるようだ。京介の素行不良の裏に、彼自身にもどうしようもない事情があった可能性を、自分はおそらく一秒も考えたことがなかっただろう。

信号が青に替わる。しかし、京介の足は動かない。愛衣も彼を促すことはしなかった。繊細に編まれたレースのような雰囲気を壊したくなかった。

「吉木《よしき》先生には、芳村は、ブラックシープだって言われた」

「ブラックシープ？」

「厄介者とか、問題児っていう意味の英語らしいよ。ほら、あの人、英語の先生だったから。俺は、白い羊の群れに一匹だけいる、黒い羊なんだって」

「……ひどい」

「そう言うなよ。俺に眼鏡を取られた直後で、吉木先生も興奮してたんだと思う。言い過ぎましたって、あとから謝られたし」

英語教師の吉木は大きな体軀《たいく》のわりに言動が大人しく、大半の生徒から小馬鹿にされていた。彼の授業は、机の下で携帯電話を操作するクラスメイトに溢《あふ》れていた。だが、京介に眼鏡をむしり取られた瞬間、吉木は目をつり上げ、京介の腕に摑《つか》みかかった。それが日ごろの鬱屈を晴らしているようにも見えて、以来、生徒の吉木を見る目は少し変わった。

数回の点滅のあと、信号はふたたび赤になった。

「あのさあ」

「うん」

「もし吉木先生と話す機会があったら、俺が謝っていたことを伝えてもらいたいんだ。いろいろあったけど、今、芳村は元気にバイトを頑張ってるって言っておいて。俺、自棄《やけ》気味に退学を決めたから、先生にちゃんと謝罪してないんだよ。あのときに携帯電話のアドレス帳も全消去したから、高校時代の友だちとは誰も連絡が取れなくてさ。今日、大島に会えてよかった」

夜遅くに一人で帰宅しようとしていたかつてのクラスメイトの身を案じたわけではなく、吉木宛の言づけを頼むために、京介は自分を追いかけてきたらしい。愛衣は苦笑したくなるのを堪《こら》えて、分かった、となるべく平坦《へいたん》な声で応えた。

「大島も、この時間まで遊び回ってるのには、なにか事情があるんだろ」

愛衣は京介を見つめた。京介もようやく信号機から視線を逸らして、いたずらっぽい目で愛衣を見る。一瞬、愛衣は世界から音が消えたような気がした。次に信号が青に替わると同時に、京介は車道へ足を踏み出した。

「たぶん、そういう時期なんだよ。だから俺は、だめだとは全然思わない。でも、無茶はするなよ。自分や他人を傷つけると、別の辛さがあとから乗っかってくるから」

愛衣はふいに自分の体質のことを打ち明けたくなった。小学校低学年のときに少ない語彙で懸命に説明して、親と友だちに笑い飛ばされて以降、誰にも話したことはなかった。このごろでは信じてもらえるわけがないと、完璧に諦めている。また、誰しも大なり小なり人に言いたくないことを抱えているものだ。隠しごとを見抜けると主張する相手と一緒にいたい人間はいない。そんなふうにも考えていた。

唇を開きかけて、いや、やっぱり言えないと顎を引く。京介が上着のポケットに手を突っ込んだ。メールを受信したようだ。携帯電話のバックライトに、京介は眩しそうに目を細めた。

「あー、母親からだ。帰りがけにトイレットペーパーを買ってこいって。ったく」

大袈裟《おおげさ》にため息を吐くと、京介は携帯電話をポケットに戻して、

「大島の家って、ここからまだかかる?」

「ううん。自転車に乗っちゃえば、あと五分くらい」

「じゃあ、ここまででいい? 俺、コンビニに寄って帰らないと」

「もちろん。送ってくれてありがとう」

「礼なんかいいよ。気をつけて帰れよ」

「芳村くんも気をつけてね」

京介はタイヤで輪を描くように自転車の向きを変えると、スポンジのはみ出たサドルに跨がった。後輪の泥よけの、四角っぽい汚れがふと目に留まる。なんだろうと考えて、高校の自転車通学許可シールを剝がした跡だと愛衣が気づいたときにはもう、京介の後ろ姿は闇に溶けていた。

携帯電話を持ち始めてから、誕生日を迎えることに緊張を覚えるようになった。日付が変わった瞬間から、どうしても携帯電話を気にしてしまう。去年と一昨年《おととし》は、〇時五分までに、律子と宏美と牧恵のメールを受信した。だが今年は、一時になっても送られてこない。忘れられているだけか、それとも、なにか思惑があるのか。誕生日を教えていないエミからは、もちろん連絡はなかった。このまま誰にも祝われなかったらどうしよう。不安に耐えかね、愛衣は携帯電話の電源をオフにした。そうしてやっと、眠りに就くことができた。

翌朝、食事を終えて制服に着替えていると、机の上で携帯電話が震えた。はっとして手を伸ばす。メールの差出人は仁美だった。はあ、と安堵《あんど》と残念の混ざった息が漏れた。仁美は小学生のころからの友人だ。別々の高校に進んだあとも、しばらくは電話で話したり遊びに行ったりしていたが、徐々に連絡の間隔が遠のいて、最後に会ってから、もう一年以上が経っている。相手の誕生日と正月をメールで祝うこと、その際に〈久しぶりに会いたいね〉と書き加えることが、二人の新しい習慣になりつつあった。

「愛衣、今晩はハンバーグにするから。お父さんも、定時で会社を出るって」

「そんなの別にいいよ。もう子どもじゃないんだから」

「年に一回のことなんだから。ね？」

言外に、今日くらいは早く帰ってこいと言っているのだ。念を押すような母親の視線をすり抜け、家を出る。親のこれ見よがしな愛情には相変わらず冷めた気持ちを抱くが、京介と一緒に帰ったあの日以来、強く撥《は》ね除《の》けられずにいた。

寒さは日に日に厳しさを増している。愛衣は学校の駐輪場に自転車を停めると、覚悟を固めて教室に向かった。誕生日メールを送らなかったことが、愛衣と本格的に距離を置こうという律子たちの意思の表れだとしたら、学校生活は今日からもっと苦いものになる。でも、自分にはエミがいる。放課後になれば、エミに会える。それが救いだった。

「おはよう」

入り口付近のクラスメイトと挨拶を交わし、教室に入った。三人はまだ登校していないようだ。家が遠くて、毎朝遅刻すれすれの宏美はともかく、律子と牧恵がこの時間に着いていないのは珍しい。愛衣が机に鞄を置き、コートを脱ごうとしたとき、ハッピーバースデーの合唱と共に、律子たちが教室に飛び込んできた。

「えっえっ」

袖から腕を引き抜こうとする体勢で固まった愛衣を、律子と宏美と牧恵が取り囲む。みんな、花が一斉に咲いたように笑っている。クラスメイトだけでなく、廊下を通り過ぎる同学年の生徒も、何事かとこっちを見ていた。愛衣はとりあえずコートを脱ぐのをやめた。

「愛衣。十八歳、おめでとう。私たちからのプレゼントでーす」

律子が両手に抱えていた紙袋を差し出した。袋は赤と黄色のチェック模様で、右上に緑色のリボンシールが貼られている。受け取ると、大きさのわりに軽かった。そして、ひどく柔らかい。なんだろう、と袋を揉む愛衣に、開けてみて、と牧恵は勢い込んで言った。

「あ、マフラー……」

　中身は黒のロングマフラーだった。太い毛糸で編まれていて、長さは二メートルにも及ぶ。暖かいだけでなく、首回りにボリュームを出すことによって顔が小さく見えると、少し前から流行《はや》り始めているアイテムだった。

「愛衣のコートはベージュだから、黒が合うかなあと思って」

「今日の下校からさっそく使ってよ。あ、端を自転車のタイヤに巻き込まないように気をつけてね」

「予算の都合で、八十パーセントはアクリル毛糸のマフラーになっちゃったけど、二十パーセントはちゃんとウールだから。暖かいから」

「宏美ってば、そういう余計なことは言わなくていいの」

　律子が宏美の腕をぺしんと叩く。ありがとう、と愛衣はマフラーを抱きしめた。頭が混乱していて、それ以上は言葉にならない。固めた覚悟が的外れだったことにも驚いていたが、自分が彼女たちの企みに気がつかなかったことにも衝撃を受けていた。三人が目配せをしたり、あの匂いを漂わせたりするのは、陰では自分を疎んでいるからだと、そう信じ込んでいた。

「サプライズ、大成功」

牧恵の声に、三人が手のひらを合わせてはしゃぐ。本当にびっくりした、と応える愛衣の声はまだ固い。声帯の強張《こわば》りを無理にほどこうとすると、涙腺のほうが先に緩みそうだ。愛衣はコートを脱いで畳み、その上に王冠を扱うような手つきでマフラーを載せた。

「愛衣、あのときはごめんね」

律子の声は湿っていた。すかさず宏美が律子の肩を擦《さす》る。詳細は語られなくても、律子が言おうとしていることは全員が理解していた。

「愛衣は私が傷つかないように気を遣ってくれたのに」

「私たちも一方的に愛衣のことを責めちゃって、本当にごめんね」

牧恵と宏美が目を合わせて俯《うつむ》く。ううん、と愛衣は首を横に振った。

「私がいけなかったんだよ。律子に全部話して、その上で律子を応援すればよかった。本当のことを知るのって、たぶん、すごく大事なことなのに」

「愛衣」

さらに湿度が上がった律子の声に、愛衣の視界も潤む。四人で抱き合おうと腕を伸ばしたとき、教室のスピーカーが震え、始業のチャイムが鳴り響いた。おはよう、と担任教師も入り口に現れて、愛衣は慌ててコートとマフラーを個人ロッカーに片づけた。

その日は帰りのホームルームが終わるまで、ずっと楽しかった。昼食時には売店で誕生日ケーキの代わりにプリンをひとつ買い、四人で食べた。昼休みにはロングマフラーを全員で巻いて、中庭を行進した。何度も転びそうになり、そのたびに大笑いして、五時間目が始まるころには脇腹が痛かった。

　放課後、愛衣は真っ直ぐ家に帰った。なんとなく、そうしてもいいような気がしたのだ。ただいま、とドアを開けると、母親は目を見開いて玄関に飛び出してきた。それでも、対応を間違えて娘の機嫌を損ねてはならないと思ったらしく、おかえり、と返す声はあっさりしていた。

　夜、食卓にはグラタンとカボチャサラダとハンバーグが並んだ。どれも愛衣の好物だ。父親は嬉《うれ》しさを隠しきれず、愛衣が生まれた日の話や小さいころの思い出を語り、母親から肘で小突かれていた。途中、エミから、〈いつものファミレスに八時でどう？〉とメールが届いたが、愛衣は、〈ごめん、今日は無理〉と返信した。夕食の最後にはホールのショートケーキが登場した。十八本のロウソクに全力で息を吹きかけるのは恥ずかしく、ふぅ、と面倒くさそうに吐いたら、火は五つしか消えなかった。

　カーテンを閉めていても、窓の向こうの闇が濃くなっていくのは分かる。愛衣は居間の畳に座り、律子たちからもらったマフラーを改めて眺めた。父親は座椅子にもたれてテレビを観ていて、母親は、すぐ後ろの台所で皿を洗っている。テレビのニュースは、今日もアメリカで起こったテロについて報じていた。犯人グループと同じ宗教を信仰している人への偏見は膨らむ一方で、ある男性は、街を歩いていただけで、自分たちの国に帰れ、俺たちの国に問題を起こしやがって、と唾を吐きかけられたことがあるらしい。礼拝所を訪れる信者の数も激減しているとアナウンサーは述べた。

ブラックシープ。

京介の言葉を思い出した。白い羊の群れにいる、一匹だけの黒い羊。だが、それが本当に黒いかどうか、皆、手で触れて確かめたのだろうか。その色は、泥がついたり、ペンキをかぶったりしてついたものかもしれない。いや、そもそも黒いこと自体に問題はないのだ。その羊の考えを思いを知ろうとしなければ、なにも始まらない。なにも始まらないというのは、すべてが終わることと同じだ。

愛衣は手の中のマフラーを頬に押し当てた。ウールが二十パーセント含まれているというそれは、やはり暖かくて柔らかかった。

赤信号にやたらと引っかかり、今日もエミのほうが先にファミリーレストランに着いていた。学校から必死に自転車を漕いできたため、身体はすっかり熱くなっていたが、愛衣はロングマフラーをほどく間も惜しんで店に入った。テーブルに両肘をつき、携帯電話を操作しているエミの姿を発見する。来客を知らせるメロディにも顔を上げず、愛衣が入ってきたことに気づいていない。その首元がいやにか細く見えて、愛衣は目を瞬《しばた》いた。

戸惑いを振り払うように、遅くなってごめん、と声をかけると、エミは勢いよく振り返った。

「遅いよ……って、なにそのマフラー。超いいね」

「でしょう?」

エミがいつもの表情に戻ったことにほっとして、愛衣はマフラーとコートを脱いだ。ドリンクバーを店員に頼み、今日はオレンジジュースを一杯目に注《つ》ぐ。午後五時を過ぎたばかりの店内は、会社員から大学生に家族連れまで客層が入り交じっていて面白い。テーブルの上も、食事のメニューが並んでいるところから、ケーキやパフェが置かれているところまでさまざまだ。愛衣があたりを見回しながら席に戻ると、エミはまだマフラーを見つめていた。

「それどうしたの? 買ったの? 真っ黒っていうのが格好いいね」

「高校の友だちがくれたの。実は私、昨日が誕生日だったんだ。それで、プレゼントに。色も、私のコートに合うように選んでくれたみたい」

若干の期待を胸に、愛衣はそう話した。ただ一言、エミからおめでとうの言葉がほしかったのだ。たった三ヶ月の付き合いでも、学校以外の場所で誰かと会う約束を重ねられたことは、愛衣にとって、純度の高い宝石に触れるような経験だった。学校の友人とは異なり、エミと顔を合わせることに強制力は働かない。会いたいという気持ちだけを理由に逢《おう》瀬《せ》を重ねてきたエミに、自分が十八歳になったことを祝ってほしかった。そうして次には、エミの誕生日はいつなの？　と尋ねて、今度彼女が年を取ったときには、自分もそれを喜びたかった。

「へえ……そうなんだ」

しかし、愛衣が話し終わるか終わらないかのうちに、エミの瞳は電源を切った携帯電話の画面のように暗くなった。口角はかろうじて上がっているが、頬は引《ひ》き攣《つ》っている。愛衣は犯した過ちに気づいたが、焦りのあまり声が出ない。どうして友だちがくれたと正直に言ってしまったのだろう。エミはきっと、自分の家や学校に対して居心地の悪さを覚えている。一昨日《おととい》までの自分のように。なのに今、彼女とのあいだに線を引くような発言をしてしまった――。

こういうところが鈍くて傲慢なのだ、自分は。

「そっかあ。それで昨日の夜は会えなかったんだね。ごめんね、友だちと盛り上がってたところに変なメールを送っちゃって」

「違うの。夜は友だちと一緒だったわけじゃなくて――」

「じゃあ、アイももう十八なんだね。なんかさあ、十七歳と十八歳って、全然違う気がしない？　十七は、まだ子どもの仲間って感じがするけど、十八はもう大人だよね」

「あのね、エミ――」

「タイシから聞いたことがあるんだけど、今、十八歳で成人にしようっていう話が出てるんでしょう？　どうなんだろうね。私、今すぐ選挙に行けって言われても、なんにも分かんないけどな。あれって、漢字を間違えただけでも無効票になるらしいよ。超厳しいよね」

エミは愛衣と目を合わせることなく話し続ける。甘酸っぱい匂いも強く香り始めて、愛衣は呼吸を浅くした。息の吸い方を間違えるとむせそうだ。タイシの話題に切り替えて普段の雰囲気に戻そうとしたが、口を挟む隙が見つからない。結局、三十分近く一方的に喋ったのち、用事を思い出しちゃった、とエミは自分のぶんの代金をテーブルに置いて、慌ただしく店を出て行った。

一人残された愛衣は、グラスを両手で持ち、オレンジ色に沈む氷を見つめた。今日は友だちと会うから遅くなると親に知らせてきたが、予定よりも早い帰宅になりそうだ。そんなどうでもいいことばかりが頭を過《よ》ぎる。胸に芽生えた不穏な予感の正体については、まだ考えたくなかった。やがて愛衣は、マフラーとコートをふたたび身に着けると、二人ぶんの会計を済ませて店を出た。オレンジジュースには一度も口をつけなかった。

祈るように迎えた翌日、深夜まで待ってもエミからメールは届かなかった。さらに次の日、愛衣が思い切って送ったメールには、MAILER-DAEMONという送信元から、英文ばかりのメッセージが返ってきた。本文中に〈User unknown〉という言葉を見つけた瞬間、愛衣はエミがメールアドレスを変更したことを悟った。

空から小さな光が降ってきたような気がして、シャープペンシルを持つ手を止めた。雪かと思ったが、雨が街灯に反射して白っぽく見えただけのようだ。雨に濡《ぬ》れる夜の街は、ビルも街路樹も照明もシルエットがにじんでいる。愛衣はぬるくなったミルクティーを一口飲み、ほっと息を吐いた。

散らばった集中力をかき集めて、もう一度問題集を睨《にら》みつける。一四五三年にコンスタンティノープルを陥落させたのは、オスマン帝国のメフメト二世。一五一七年にオスマン帝国が滅ぼしたのは、マムルーク朝。間違えた問題は、ノートに答えを書き写して脳に刻み込む。世界史は暗記科目だ。覚えた用語の数だけ、得点を増やせる。

「お疲れ」

手元が陰になり、顔を上げると、私服姿の京介が立っていた。愛衣と目が合うなりテーブルを指で叩いて、

「今、シフトが終わったところ。もうただの客だから、ここで飯、食っていってもいい?」

「うん」

愛衣は参考書や問題集を自分のほうに引き寄せた。京介が向かいの椅子に腰を下ろす。エミと音信不通になり、一ヶ月が経った今も、愛衣はこの店にしょっちゅう足を運んでい

る。彼女と顔を合わせるチャンスがあるとしたら、ここしかない。愛衣はエミに会いたかった。モアをうろついていたあの日、愛衣は出会い系サイトにアクセスしていた。いつものようにメールのやり取りで済ませるつもりはなく、男と会ってみてもいいと、捨て鉢な気分だった。エミに声をかけられなければ、自分も事件に巻き込まれていたかもしれない。彼女は恩人でもあったのだと、ニュースを見ていてやにわに気づいたのだった。

ただ待っているだけでは気が滅入《めい》るため、ここで過ごす時間は受験勉強に充てている。誘惑が少ないからか、家でやるよりも捗《はかど》り、冬休みに受けた塾の集中講義も功を奏して、二学期に後れを取ったぶんはおおよそ挽回《ばんかい》した。センター試験まで、あと約一週間。なんとか志望大学に引っかかりたい。

「大島は、大学でなにを勉強するつもりなの?」

京介は同僚の店員にカツ丼を注文すると、愛衣に向き直った。愛衣は受験する大学名を挙げて、その中の文学部か社会学部を目指していると答えた。

「心理学とかジャーナリズムに興味があるんだよね」

「そういう仕事に就きたいの?」

「そこまでは分からないけど」

「まあ、そうか。そうだよな」

「ただ私は――」

優しい人間になりたい、と愛衣は胸中で呟く。人の痛みに敏感で、誰のことも侮らない心がほしい。もう誰のことも傷つけたくない。なに？　と尋ねる京介に、愛衣は少し考えて、なんでもない、と首を横に振った。

「なんだよ。言いかけたなら言えよ」

「やだ。言わない」

吉木に言づけを伝えてから、京介との距離は一気に縮まった。こうして愛衣が勉強している正面の席に座り、食事を摂って帰ることもある。顔なじみの店員がやって来て、湯気の立ち上るカツ丼を京介の前に置いた。どうも、と礼を言う京介に、職場でいちゃいちゃするのはやめてくださーい、と女性店員は口を尖らせた。彼女が愛衣のことを京介の恋人として扱い、からかうのは、二人にとっての約束事のようなものだった。

京介は腕を組み、深々と息を吐いた。

「何回言わせるんだよ。大島は彼女とかじゃないって。友だちだよ」

な？　と同意を求めるような視線に、愛衣も胸の痛みを隠して頷く。

「そうです、芳村くんは友だちです」

クラッシュ・オブ・ライノス

フロアに設置された電話機のうちの数台が、少しずつタイミングをずらしながら呼び出し音を鳴らしている。ＦＡＸの送付状を書いていた愛衣は、右手に握ったペンをふいに止め、そうだ、輪唱だ、と胸のうちで呟《つぶや》いた。この光景はなにかに似ていると、ずっと思っていたのだ。小学校の音楽の授業で「かえるのうた」や「静かな湖畔」を歌ったことが、鍋が噴きこぼれるようによみがえる。静かな湖畔の森の陰から男と女の声がする。誰が言い出したか、こんな替え歌が流行《はや》ったことがあった。あれは男女の性行為のことだったのか、と愛衣がはっとしたとき、目の前の電話も着信を知らせた。

「はい、政治部です」

内線のランプが赤く点《とも》っているのを視界の端で確認し、社名を省いて電話に出た。相手は校閲部の社員で、記者の伊藤《いとう》に確認したいことがあると言う。だが、伊藤はあいにく外出中だ。愛衣は壁のホワイトボードに目を向けた。高校卒業後にこの大手新聞社でアルバイトを始めて、二年九ヶ月。ホワイトボードのどこに誰の名前があるのか、ほぼ完璧に把握していた。

「伊藤さんは、二十二時戻りになってますね。急ぎの用件でしたら携帯電話にかけてみますけど」

「いや、そこまでじゃないよ。戻ったら連絡するように言っておいて」

「分かりました」

電話を切ると、愛衣は大きめの付箋に伊藤宛のメモを書いた。その後、FAXの送付状を書き終えたところで、今度は別の記者から資料のコピーを頼まれる。手渡された紙の束を抱えて、まずは伊藤のデスクへ。彼のパソコンに付箋を貼りつけたのち、フロアの端に設置された複合機の前に立った。手始めにFAXを送付してから、コピーに取りかかる。スタートボタンを押した途端、文字やグラフの印刷された紙が滝のように溢《あふ》れ出《だ》した。

「……ふう」

その音に紛れるよう、愛衣は小さく息を漏らした。アルバイトを始めたばかりのころは、硬貨を投入せずにコピー機能が使えることに違和感があった。百枚単位で印刷した経験もなく、高速で吐き出される紙に、いきなり止まったらどうしようと緊張もしていた。だが、今やFAXやコピーが終わるまでの数十秒間は、こっそり一息吐《つ》くことのできる大事な時間だ。愛衣は複合機に手を置いたまま足首を回して、簡単にストレッチをした。

「大島さん、お疲れー。まだかかる？」

「あ、もう終わると思います」

「じゃあ、次、使わせてー」

背後から声をかけてきたのは岸本《きしもと》だった。彼女もまた、資料のようなものを両手に抱えている。長い黒髪は今日も飾りのないシンプルなゴムでひとつにまとめられていて、長袖のTシャツから伸びる首は白鳥のように細かった。

「身体《からだ》ほぐしてたの？」

「え？」

「今、体操みたいなことしてたから」

一拍置いて、愛衣は岸本が自分の足首を回す仕草について尋ねているのだと気がついた。

「まあ、そんな感じです」

「だったらヨガがいいよ、ヨガ。お勧め」

「ああ、最近ちょっと流行ってますよね」

愛衣は曖昧に頷《うなず》いた。十年前に都心の地下鉄でテロ事件を起こした宗教団体がかつてヨガ教室を開いていたことが報道されると、世間のヨガに対する風当たりは一気に強くなった。なんとなく怪しいものだという印象が広がり、いくつもの教室が閉鎖を余儀なくされたという。だが最近は、そこから脱却しつつあるらしい。愛衣が半年前に始めたSNSでも、ヨガの二文字を見かける機会は増えていた。

「楽しいよ。こーんなポーズしたりするの」

岸本は近くの台に資料を置くと、腰を真横に反らし、右腕を垂直に上げた。オフィスには似つかわしくないしなやかな動きに、複合機の稼働音が遠ざかる。愛衣が驚いているあいだにも、岸本は上半身をさらに深く曲げて、紐《ひも》で吊《つ》られているかのように手の位置を上げていった。岸本のTシャツとジーンズのあいだから肌色が覗《のぞ》き、髪の毛先がカーペットの表面をなぞる。ピーッという甲高い音を鳴らし、複合機が止まった。コピーが終わったようだ。すると岸本は、平然とした顔で身体を起こした。

「新陳代謝がよくなるから、冬でもめちゃくちゃ汗をかくよ。寒さにも強くなるし、お勧め」

乱れた髪を整えることなく、岸本は笑顔でヨガの話を続けた。丸顔で目が細く、化粧っ気のない岸本は、笑うと地蔵のような雰囲気を放つ。佇《たたず》まいも無垢《むく》で、二十六歳にはとても見えない。しかし実際は、大学生が大半を占めているこのアルバイトにおいて、七年以上も勤めているフリーターの岸本はかなりのベテランと言えた。

「でもヨガって、身体が柔らかくないと無理ですよね」

「そんなことないよ。型を守るよりも、自分なりに身体をしっかり開くことのほうがずっと大事だから。あとヨガで大切なのはね、呼吸。呼吸で心と身体を整えるの」

「呼吸ですか」

「そう、呼吸」

岸本が息を深く吸うような素振りを見せたため、また見本を示されては敵《かな》わないと、愛衣は急いで複合機の前を譲った。共に政治部に所属しているからか、それとも割合の少ない女性アルバイト同士の連帯感からか、岸本はなにかと自分のことを気にかけてくれる。だが愛衣は、五つも年上の相手となにを話せばいいのか、いまだに分からない。思えば小中学生のときに入っていたのは文化部で、高校時代は帰宅部だった。大学では、同じ高校から進学した律子に誘われて、テニスサークルの見学に足こそ運んだものの、新入生の外見に優劣をつける先輩たちの態度に嫌気が差し、結局入部しなかった。つまり、愛衣には年長者と密接に関わった経験がほとんどなかった。

「わー、ありがとう。私もコピーしようっと」

資料をセットする岸本に軽く頭を下げて、愛衣はその場を離れた。それと同時に岸本がそこそこの声量で鼻歌を口ずさみ始めたことには、気づかなかったふりをする。あの朗らかなメロディは、去年大ヒットした、男性アイドルグループの楽曲だろう。ナンバーワンではなくオンリーワンを目指そうという歌詞は、マイペースな岸本に非常に似合っていたが、こういった自由な振る舞いも、愛衣が彼女との接し方に悩む要因のひとつだった。

コピーした資料を記者に渡し、また電話を取ったり受信したＦＡＸを宛先の社員に届けたりしているうちに、朝刊の十三版ができあがった。愛衣が働いているビルの地下四階から一階にかけては、新聞の印刷工場が入っている。新しい情報が飛び込んでくるたびに記事を書き換え、レイアウトを変更し、デッドラインまでに刷り上がった一番新しい版を、関東の契約者のもとに届けるのだ。愛衣はほかのアルバイトと手分けして、まだ湯気が昇りそうに温かい十三版をフロアに配っていく。濃厚なインクの香りが気管に満ちた。

電話対応に、コピーに、お茶汲《く》み。そのほか、社員になにかを届けたり、反対に受け取ったりするのが、愛衣たちアルバイトの役目だ。初めて社会を経験するにはいささか慌ただしい環境で、ＦＡＸもまともに送ったことのなかった愛衣は何度も辞めることを考えたが、勤めて半年を過ぎたあたりから、人に注意されたり叱られたりする回数がぐんと減った。今では後輩に仕事を教えることもあった。

今日は残業を頼まれることもなく、予定どおりの二十二時に退勤した。愛衣は大抵、十六時から二十二時までの、朝刊帯と呼ばれるシフトに入っている。ビルの外に出ると太陽はすっかり沈み、十二月らしい冷気に頬がちりちりと痛んだ。愛衣が高校時代から愛用している黒のロングマフラーを首に巻きつけたとき、正面から伊藤がやって来るのが見えた。

「お疲れさまです。アルバイトの大島です」

急いで駆け寄り、伊藤宛に校閲部から電話があったことを伝えた。パソコンに付箋は貼ったが、このほうが確実だと判断したのだった。

「おー、わざわざありがとう」

伊藤が手を上げて去ろうとしたとき、強い風が正面から吹きつけた。

「うおう」

低い悲鳴と共に、伊藤の口から盛大なくしゃみが飛び出した。俺、寒いの苦手なんだよ、とこぼした伊藤はしかめっ面で、どうやら照れくさい気持ちを隠そうとしているらしい。数年前の自分ならば、鼻先に甘酸っぱい匂いを感じていたのかもしれなかった。

「寒さにはヨガが効くって、岸本さんが言ってましたよ」

「あー、ヨガか。最近流行ってるみたいだし、なんか岸本っぽいかもな」

「岸本さんって、就活しなかったんですか？　フリーターなんですよね？」

三十代半ばの伊藤は気さくな性格で、記者の中でも話しかけやすいほうだ。愛衣は長らく疑問に思っていたことを彼にぶつけた。新聞社のアルバイトは時給が高く、また、岸本は長時間のシフトを担当することが多い。新卒で就職するよりもよほど稼げると判断して、フリーターを選んだのだろう。交通費はもちろん、社員食堂のチケットまで支給される点も、収入面における大きなメリットと言えた。

「違う違う。岸本は大学を中退してるんだよ。三年生のときだったかな」

「そうだったんですか」

「大島さんは、岸本が通ってた大学がどこか知ってる？」

「知らないです」

愛衣は首を横に振った。年の近いアルバイト同士では大学の話をすることもあるが、岸本から学生時代のエピソードを聞いたことはない。専門がなにか、サークルに入っていたかどうかも知らなかった。すると伊藤は、日本でもっとも難関とされている国立大学の名前を口にした。

「ええっ」

「ああ見えて犀利《さいり》な奴《やつ》なんだよ、岸本は」

「サイリ？」

「頭が切れるってこと。動物の犀に利益の利と書いて、犀利と読むんだ。岸本は目に映った光景を写真みたいに記憶できるらしくて、記事の矛盾や誤植にもよく気がつくんだよ。それで、三版と四版ではここが矛盾してますけど大丈夫ですか？　みたいに教えてくれる。なんでもフロアの連中に最新版を配っているあいだに、脳が勝手に覚えちゃうんだってさ」

「すごい」

「ただし、今はその能力がいつ発揮されるか、自分でもまったく分からないらしいんだ。子どものころは、頭の中で四六時中カメラが動いているような感じで、自由に記憶を呼び起こせたみたいだけど、中学に入ったあたりから制御が利かなくなってきたって言ってた。でも、そのおかげで親から自由になれたみたいだから、よかったのかもしれないな。小さいころは天才少女としてテレビや雑誌に売り込まれて、結構大変だったそうだよ」

ここにきて話しすぎたと思ったのか、伊藤は急にばつの悪そうな表情になった。俺から聞いたってことは、一応、岸本には言わないでおいてくれよ、と頼まれて、もちろんです、と愛衣は必要以上に頷いた。岸本にそんな能力があったことに、なぜか小さくない衝撃を受けていた。単に変わった先輩としか思っていなかったことが恥ずかしい。

「大島は家に帰るところだったんだよな。遠いんだっけ?」

「家までは三十分くらいですね。でも、これから友だちと会う予定で」

愛衣は反射的に上着の袖をめくり、腕時計に目を落とした。二本の針が示す時刻は、二十二時二十分。ファストフード店の小さなテーブルで問題集を解いている京介の姿が脳裏に浮かぶ。大学入学資格検定に受かることを目指している彼に、勉強中のBGMにお薦めのCDを貸すのが、今日の目的だった。

「ああ……なるほど」

「なるほどってなんですか。あの、本当に友だちですからね」

伊藤は勘違いをしているようだ。含みのある視線を向けられて、愛衣はしっかり念を押す。京介にはみっつ年上の直美《なおみ》という恋人がいる。二人が付き合い始めて、間もなく二年が経《た》とうとしていた。京介が大検を取ろうとしているのも、彼女との将来を考えてのことだろう。伊藤は京介のことをなにも知らないが、それでもこれから会いに行く彼と交際している可能性があるとは、絶対に思われたくなかった。

「はいはい」

「嘘《うそ》じゃないですよ」

「分かったよ。なんにせよ、夜を楽しめる大学生が羨ましいな。俺なんかもう、仕事が終わったら一秒でも早く家に帰りたいからさ。じゃあ、気をつけてその友だちのところに行くんだよ。お疲れ」

「はい。お疲れさまです」

愛衣は浅く頭を下げると、小走りで駅に向かった。地下鉄のホームに繋《つな》がる階段を下っているとき、すれ違った女性の携帯電話から聞き覚えのあるメロディが流れてきて、足が止まりそうになる。なんだっけ、と考えながら乗り込んだ電車のドアが閉まると同時に、さっき岸本が複合機の前でハミングしていた歌だと閃《ひらめ》いた。

「ナンバーワンにならなくてもいい、もともと特別なオンリーワン――」

吐息で続きを口ずさむと、ほのかに苦い思いが胸のうちに広がった。元天才少女の岸本は国内ナンバーワンの大学に入れた人間で、直美は京介にとってのナンバーワン。人が皆オンリーワンならば、その特異性に意味はない。やはりなにかの、誰かのナンバーワンにならなくてはだめなのだ。愛衣は電車の窓に目を向ける。そこには暗闇に透けた冴《さ》えない自分の顔が映っていた。


「いやあ、本気の人はすごいよ。もう殺気立ってるって感じ。席も一番前の真ん中に座ってさ、話を聞いているあいだの相槌《あいづち》もめちゃくちゃ大きいの。質疑応答が始まった瞬間も、誰より早く手を挙げてたよね。あの人、あそこが第一志望だったのかなあ」

「そういう説明会のときの態度って、選考過程でプラスになるの？　そもそも話を聞きに来た大学生の顔や名前を、企業側はどれくらい覚えてるのかな」

「質疑応答のときに自分の大学名と名前は言うから、もしかしたらもしかするのかもね。まあ、あそこまでやれば印象には残ると思う」

　そう言うなり、楓《かえで》はサンドウィッチの包装を手のひらで丸めて、空のポリ袋に突っ込んだ。未歩《みほ》が両腕で頬杖《ほおづえ》をつき、天井に向かって緩やかなため息を吐く。

「私には無理だなあ。そういうアピールとか、性格的にできないもん」

「私だってそうだよ。でも、そんなことを言ってる場合じゃないのかも。結局ああいう人たちと競い合うわけじゃん、就活って」

「あー」

「うー」

楓の言葉に、愛衣と未歩は声を揃《そろ》えて呻《うめ》いた。先週の金曜、楓が参加したという製菓メーカーの会社説明会について、空き教室で昼食を摂《と》りながら話を聞いている。本格的に始まるのは年明けからだと言われているが、それでも動きの早い企業はすでにエントリーの受付を始めていた。愛衣と未歩は大学主催の就職活動セミナーに顔を出しただけで、まだ説明会に足を運んだことはない。会場はどんな雰囲気か、就活生はみんな本当に黒髪なのか、二人の問いかけに楓は的確に答えていく。三人のうちでもっとも行動力のある楓は、自分の新しい体験を人に伝える能力に長《た》けていた。

「そういえば、説明会で隣になった子が新聞社の説明会にも申し込んだって言ってたよ。愛衣がバイトしてるとこ。愛衣は行かないの？」

「あ、そうなんだ。どうしようかなあ」

おにぎりの最後の一口を頬張り、愛衣はくぐもった声で答えた。

「とりあえず行ってみたら？　せっかくずっとバイトしてるんだから」

「そうだよ。もったいないよ。少しは採用に有利に働くんじゃないの？」

「そんなことはないと思うけど……」

海苔《のり》が貼りついていてなかなか飲み込めないのだという顔で、言葉を濁した。愛衣が新聞社でアルバイトを始めたのは、京介に勧められたことが発端だった。滑り止めの大学にしか受からなかった愛衣を案じたのか、こんなものが載っていたと、無料求人誌の切り抜きを持ってきてくれたのだ。高校三年生の冬、ふいに口を衝《つ》いて出た、ジャーナリズムに興味があるという自分の言葉を彼が覚えていたことが嬉《うれ》しかった。あの切り抜きは、今でも大切に保管している。

「うーん、ちょっと考えてみるね」

昼食が終わると、楓と未歩は六号館のほうへ去って行った。二人はこれから同じ授業を受ける。一方の愛衣は、次の一コマが丸々空いていた。小中高のように時間割が決まっていない大学では、語学クラスやゼミが同じ友だちであっても常に一緒に行動するわけではない。入学後、そのことに気づいたとき、愛衣は敷地面積や在籍学生数を超えたところで大学の広さを感じた。一人で構内を歩いていても奇異な視線を向けられない環境は、十八年間生きてきて、ようやく手に入ったもののように思えた。

最近の愛衣は、もっぱらパソコンルームで空き時間を過ごしている。五十台ほどのデスクトップパソコンが並ぶ教室は、暖房や機械類の熱で今日も肌が干からびそうなほど温められていた。後ろから二列目の席に座り、パソコンを起《た》ち上《あ》げる。学籍番号を入力後、真っ先にアクセスしたのは、半年前に律子に招待されて始めたSNSのトップページだ。画面上部に赤字で表示された、〈新着コメントが5件あります〉の一文に、つい口元がほころぶ。昨晩、愛衣が新聞社の社員食堂について書いた記事には、〈美味《おい》しそう〉〈私も食べたい〉〈うちの学食とはクオリティが違うね（笑）〉などの感想が寄せられていた。そのひとつひとつに、愛衣は返信する。絵文字を交えて、明るい雰囲気にすることも忘れない。始めたばかりのころは、ここでなにをすればいいのか、なにができるのか分からず、ページ内をうろうろするだけだったが、趣味のコミュニティに入ったり、友人の動向を確認したりするうちに、いつの間にか夢中になっていた。家では両親の寝室にパソコンが設置されているため、自由に使うことは難しい。パソコンルームで思うままに過ごせる九十分間は、貴重なひとときだった。

返信を終えると、今度は足跡のページをチェックした。ここを見れば、何時何分に誰が自分のページを訪れたのか、一目で分かる。自分を友人として登録している十二人のうちの九人が、昨晩から今までのあいだに足跡を残していた。宛先を特定している手紙やメールとは異なり、インターネットに投稿する日記には、誰にも読まれない可能性がある。だからこそ、コメントや足跡を見ると、自分の存在そのものを肯定されたような気持ちになった。

トップページに戻ったとき、愛衣はヨシノの日記が更新されていることに気がついた。タイトルは、〈追い込み〉。クリックすると、〈年明けのグループ展に向けて追い込みが始まりました〉と、彼女らしいシンプルな文章で綴《つづ》られていた。モチーフの参考にするための写真を、わざわざ北関東まで撮りに行ったこと。完成間近だった絵に対してアイディアが閃き、大幅に描き直すことに決めたこと。それらが重なり、この数日は三時間程度しか寝ていないこと。今回も、見事に絵に関することしか書かれていない。

　ヨシノとは、新藤吉乃のユーザー名だ。中学時代、愛衣は吉乃と同じ美術部に所属していた。出身校のコミュニティを徘徊《はいかい》していて彼女を見つけたとき、思い切ってメッセージを送ったのは、成人式で声をかけられなかったことを心のどこかで悔やんでいたからだろう。メッセージの中で、愛衣は中学のときから吉乃の絵が好きだったことを告げた。返信はすぐに届いた。〈大島さんとまた繋がれるなんて〉と吉乃は喜び、自分が美術大学に進んだこと、それから、ちょうど開催中だったという自身の展示について知らせた。

　ギャラリーと呼ばれる場所に愛衣が足を踏み入れることになったのは、それがきっかけだった。吉乃の絵の前に立った瞬間、身体中の細胞が一回りずつ膨らんだような錯覚に襲われた。大小さまざまな五枚の油絵に描かれた家は、木造のもの、コンクリート造りのもの、ぎりぎりで自立しているようなもの、比較的新しく見えるものと佇まいこそさまざまだったが、そのどれにも住人がいないことは、あらかじめ聞かされていたことのように理解できた。

「大島さん？　本当に来てくれたの？」

　呆然《ぼうぜん》と絵を見つめていた愛衣は、声をかけられるまで吉乃が在廊していたことに気づかなかった。中学生のころに、一対一で言葉を交わしたことは数えるほどしかなかったが、久しぶりの再会が興奮を生んだのか、絵の感想や思い出話で意外と盛り上がり、やがて吉乃は、もしよかったらこれからうちに来ない？　と言い出した。なんでも、アトリエと倉庫を兼ねて、大学の近くに古いアパートを一室借りているという。そこに帰ればもっといろんな絵があると告げられて、行く、と愛衣は即答した。

そうして訪れた吉乃の部屋は、油の匂いに充《み》ち満ちていた。二部屋あるうちの洋室のほうがアトリエになっていて、壁に立てかけるように保管していたキャンバスを、吉乃は次から次に見せてくれた。一年生のときに集中的に描いていたという動物の頭蓋骨の絵に、新しいことに挑戦したかったという人物画、未完成作品からラフスケッチまで、愛衣はいちいち感動を覚えた。

あの日以来、彼女とは会っていない。それでも疎遠になったと感じないのは、ＳＮＳで近況を知れているからだろう。吉乃の日記に、〈無理しないで頑張ってね〉とコメントを打ち込みながら、この人は正真正銘のナンバーワンだと愛衣は思う。ほかの誰にも描けない絵で、大勢の心をさらっている。本物だから、迷いがない。エンターキーを押し込むと、愛衣が入力した励ましの言葉は、瞬く間に画面のさらに奥へと吸い込まれていった。

階数を指定し、ドアが動き出したところで、待ってえ、と岸本が駆け込んできた。慌てて開くボタンを押した愛衣に、大島さんも社食でしょう？　と岸本は例の地蔵のような笑みを浮かべて問いかける。はい、と愛衣は頷き、エレベーターのドアを閉めた。

「一緒に食べよう。私も今のうちに休憩に入ってほしいって、梶井《かじい》くんに言われたんだ」

「ぜひ」

「今日のA定食、ハンバーグらしいよ。楽しみだねー」

「ハンバーグ、お好きなんですか？」

「えっ、ハンバーグを嫌いな人なんているの？」

「あ、いや、いないですかね」

二週間前に伊藤に話を聞いてから、岸本とまともに喋《しゃべ》るのは初めてだ。映像記憶の能力を持ち、超難関大学に在籍していたことのある、犀利な人。今まで抱いていた印象とはあまりに大きく異なるため、どう接すればいいのかますます分からない。愛衣のしどろもどろの反応を受けて、岸本は、

「やっぱりいるかもしれない。どんな強力なウイルスも、人口の何パーセントかは感染しないって聞いたことがある」

と、真面目な顔で言った。

エレベーターで発言したとおり、社員食堂に到着すると、岸本はA定食を注文した。愛衣は温かいうどんを購入し、揃って窓際の席に着く。十二階から見下ろす都心の夜景は、モザイク写真が発光しているかのようだ。独立した意味が集合して、巨大な意味を作り上げている。目を凝らすとなにかが浮かび上がってきそうで、気持ちが落ち着かない。

「いっただっきまーす」

岸本の声に、愛衣もようやく手を合わせた。

「んー、美味しーい」

「ここのご飯、本当に美味しいですよね」

「ボリュームもあるし、最高だよねー」

「友だちに話すと、絶対に羨ましがられるんですよ」

「大島さんは、冬休みもシフトが入ってるの？」

急に変わった話題に戸惑い、愛衣がうどんから顔を上げると、岸本は食堂のテレビに目を向けていた。小さな四角い画面には、全国の週間天気予報が映し出されている。それを見て、愛衣はあと十日足らずで大学が冬期休暇に入ることに気がついた。約二週間の休みのあいだ、楓と未歩と忘年会をするほかに、遊びの予定は入っていない。

「こういうときくらい家のことを手伝いなさいって親がうるさくて、大晦日《おおみそか》と三が日はお休みをいただきました。あとはぼちぼち出勤するつもりです」

「大きな事件が起こらないといいねー。ミレニアムのときは大変だったなー。２０００年問題っていうのがあってさー」

「あれっ、今年は岸本さんは出勤しないんですか？」

愛衣は箸を止めて尋ねた。岸本は味噌汁《みそしる》を一口啜《すす》り、汁椀《しるわん》をトレイに戻すと、片方の口角をにんまりと上げた。

「実はね、来週から二週間ほど海外旅行に行くんだ」

「えっ、どこに行くんですか?」

「タイとインドネシアとスリランカ」

「リゾートですか?」

「んー、リゾートとはちょっと違うかなー。保護区や国立公園で野生動物を見て、大自然の中でヨガを体験するっていうツアーに申し込んだの」

「へえ。そんなツアーがあるんですね」

日刊紙を発行している新聞社は、休刊日を除いて毎日、一秒も止まることなく稼働している。だが、アルバイトはそもそも数が多く、各部のリーダーに申請し、ほかのアルバイトと調整がつけば、概《おおむ》ね希望どおりに休みを取れた。愛衣も、半年に一度の試験期間にはまとめて休みを申請している。

「私、スマトラサイが見たいんだよねー」

岸本は頬の筋肉をめいっぱい動かして、ハンバーグを頬張った。美味しそうに食べる人だなあ、と、愛衣は話の筋とは関係ないところで感心する。つられて勢いよくうどんを啜ると、出汁《だし》の風味が鼻から抜けた。

「スマトラサイは、普通のサイとは違うんですか?」

「サイのうちでも原始的な種類らしいよ。サイの仲間はだいたい絶滅危惧種なんだけど、スマトラサイは、角はもちろん血液や糞尿《ふんにょう》も薬になるって言われて乱獲されまくったから、数がかなり少ないみたい」

「そうなんですね」

「なかなか数が増えない理由のひとつに、孤立が関係しているかもしれないっていう説をネットで読んだことがあるなー。一匹で過ごしている時間が長すぎて、奇跡的に仲間と会えても、体が繁殖できる状態にないんだって」

「それは……寂しいですね」

「ね。寂しいよねー」

一瞬、岸本は遠くを眺めるような目つきになった。無垢な雰囲気がかき消えて、ひんやりとした空気が岸本を包む。天才少女だったころ、親にテレビや雑誌に売り込まれて大変だったという話を愛衣は思い出した。隠しごとの匂いは漂ってこなかったが、生乾きのかさぶたに触れてしまったような気がして、うどんに視線を戻そうとしたとき、

「私は動物の中ではサイが一番好きなんだ」

と、もとの明るい声で岸本が言った。なんでも、硬い皮膚と悲しそうな目のギャップがいい、全体的に無骨なパーツでできあがっているのに、耳と尻尾は形も動きもチャーミングですばらしい、らしい。愛衣は、伊藤が岸本のことを犀利と称していたとつい打ち明け

たくなったが、伊藤と約束した手前、勝手に話すことはできない。密《ひそ》やかに口元を緩めるだけに留《とど》めた。

うどんの器がほぼ空になったころ、サイの話題は終わった。岸本は背中を丸めて、茶碗《ちゃわん》に残った米粒をひとつずつ口に運んでいる。伏せた睫《まつげ》毛の短さに、ふいに胸が詰まった。大学に入ると、自分も友人もすっぴんで外を出歩くことはほぼなくなった。マスカラの塗られていない女性の睫毛を間近に見られるのは、母親か岸本と向かい合っているときだけだ。

そう思った瞬間、なぜか愛衣は、

「岸本さん。私、就活に対してどうしても前向きになれなくて」

と、口にしていた。

「あ、もうそういう時期なんだー」

「はい……。友だちの中には企業説明会に参加している子もいるのに、私は自分がやりたい仕事も就きたい職種も、なにも分からないんです。一度、添削してもらう用にエントリーシートも書いてみたんですけど、志望動機も自己アピール欄も全然書けなくて……」

自分はなににおいてもナンバーワンにはなれない。近ごろ愛衣は、たびたびその思いにぶち当たっていた。

「大島さんは、うちの会社は受けないの？」

「あまり考えてないです。ここで働き始めたころは、ジャーナリズムにちょっと興味があったんですけど、今は仕事にしたいとは思わなくて……。バイトはなんとかここまで続けてこられましたけど、始めたきっかけは不純なんです。働いてみたらどうかって好きな人に勧められて、その提案に乗っかれば、彼に連絡を取る口実が手に入ると思っちゃったんですよね」

あのころの愛衣は、京介にメールを送る契機を、彼と会う機会を、なにより求めていた。京介のことが好きだった。だが、それを告白する前に、彼は直美と交際を始めた。報告を受けたときの、視界が端からモノクロ加工されていくようなショックは、いまだに忘れられない。未練を断ち切ろうと、律子に紹介された他学部の男子と付き合ってもみたが、デートで話が盛り上がっても、初体験を済ませても、心の中から京介の影が完全に消え去ることはなかった。付き合って十ヶ月の記念日に、ほかに好きな人ができた、と彼から切り出されたときには、悲しみよりも安堵《あんど》のほうを強く感じた。

「私みたいに、フリーターになるっていうのは？　とりあえず時間は稼げるよー」

岸本は人差し指でちょいちょいと自分の鼻のあたりを指した。岸本が親と上手《うま》くいっていないことを思い出し、愛衣は話すことを一瞬躊躇《ちゅうちょ》したが、ここまできて誤魔化すような真似《まね》はしたくない。迷いながらも口を開く。

「私、高校三年生のときに親に心配をかけていた時期があって、だからなるべく早く安心させてあげたいんです。手当たり次第に受けて、どこでもいいから就職しなきゃって、頭では分かってるんですけど……」

「でも、やる気にならないんだ」

「ならないんですよねえ」

声がひとりでにしぼんでいく。胸に巣くっていた憂鬱や不安を初めて言葉にしたことで、愛衣は自分がいかに甘ったれているかを再認識した。恐る恐る正面の様子を窺《うかが》うと、岸本は子どものいたずらを面白がるような目で笑っていた。

「そんなに心配することないって。親を安心させたいっていうのも、立派な動機のひとつだよ。そこが揺らがなければ、なんとかなるから」

「でも、本当になにがやりたいのか全然分からなくて――」

「やりたいことなんて、就職したあとに見つければいいんだよ。大島さんは根気強いし、気も利くし、仕事も丁寧だから、どこに行っても大丈夫。さっき、バイトはなんとか続けてこられたみたいなことを言ってたけど、なんとなくで続くほど易しい職場じゃないよ、うちは。就職先でも正当な評価を積み重ねていけば、それがそのうちやりたいことを連れてきてくれるんじゃないかな」

愛衣が呆然としているあいだに、岸本はグラスの水を飲み干した。空になったそれをトレイに戻し、やにわに腰を上げる。

「そろそろフロアに戻ろうか」

「あっ、はい」

愛衣も慌てて起立した。岸本の言葉はまだ耳の中に留まっていて、全部が脳まで届いていない。それでも、岸本が自分の仕事ぶりを認めてくれていたことに、呼吸のリズムを忘れるほどの衝撃を覚えていた。ぼうっとした頭で返却口に食器を戻し、岸本と共にエレベーターホールに向かう。エレベーターは、間もなく到着した。銀色のドアが滑らかに開く。

「あ、大島さんにお土産買ってくるねー。タイかインドネシアかスリランカで」

乗り込む直前、岸本はそう言って愛衣のほうを振り返った。

「楽しみにしています」

愛衣は大きく頷いた。


吉乃に差し入れをしようと閃いたのは、空き時間にパソコンルームでSNSをチェックしていたときのことだった。〈正念場〉というタイトルで投稿された吉乃の日記には、最近まともに食事を摂れていない旨が綴られていて、それを読むと同時に、愛衣は、二日前に京介から返ってきたCDが鞄《かばん》に入れっぱなしになっていたことを思い出した。食料と一緒にこれを届けたら、少しは吉乃の力になれるかもしれない。

携帯電話の連絡先は交換していなかったため、SNSのメッセージ機能を使い、〈今日の夕方、アパートに寄るかも〉と送った。空き時間中に返信は届かなかったが、吉乃が留守だった場合には、ドアノブに袋をぶら下げて帰ればいい。授業が終わると、愛衣は購買で二、三日ぶんのインスタント食品や野菜ジュースを買い込み、自宅とは反対方面に向かう電車に乗った。

家賃と広さを優先したという吉乃のアパートは、古い上に駅からだいぶ離れていた。道のり自体は単純だった記憶があるが、冬至を越えたばかりの空は五時台でも薄暗く、頭に思い描いていた建物が無事視界に入ってきたとき、愛衣はほっとした。吉乃の部屋は、一〇一号室。一階の道路側だ。狭い庭の横を通り過ぎ、アパートの廊下側に回ろうとした瞬間、愛衣の目は小さな赤い光を捉えた。反射的に足を止め、柵の隙間から目を凝らす。光は膨らんだりしぼんだりを繰り返している。ときどき現れては闇夜に溶けていく靄《もや》と、煙の匂い。煙草《タバコ》だ。吉乃が窓のサッシに腰掛け、煙草を吸っている。

中学時代の彼女はもちろん、SNSの日記や、前回会ったときの振る舞いからも想像できない姿に、愛衣は幾度も目を瞬《しばたた》いた。吉乃の部屋の電気は消えていたが、隣室の窓からこぼれる明かりが彼女を黄色く染めていて、エプロンについた絵の具の汚れまでが見て取れた。目は落ちくぼみ、唇はだらしなく弛《し》緩《かん》し、焦燥と退廃が全身から湯気のように立ち上っている。左手に持った缶チューハイは灰皿の代わりらしい。煙草の先で飲み口を軽く叩《たた》くと、吉乃はふたたび煙を吐き出した。

気がつくと愛衣は、音が鳴らないようレジ袋を胸に抱えて、来た道を引き返していた。穏やかで、繊細で、しかし絵に対しては迷いがない、本当のナンバーワン。一歩足を動かすたびに吉乃のイメージがほどけて、形を失っていく。今後、自分はどんな顔で絵を見て、どんな言葉で日記にコメントをつければいいのだろう。

家に帰るまでのあいだ、愛衣はそのことを考え続けた。


答えが見えないまま、三日が過ぎた。

日曜の昼過ぎ、二度寝から目を覚ました愛衣が一階に下りると、父親と母親がテレビに釘《くぎ》づけになっていた。どうやら海外で地震が起こり、津波によって被害が発生したらしい。報道の素材がまだ集まっていないのか、どこかのホテルに腰までの高さの濁流が流れ込んでくる映像が繰り返し放送されている。これは掃除や片づけが大変そうだと思いながら、愛衣はキッチンでカフェオレを作り、両親から少し離れたところに腰を下ろした。

「やっと起きたか。愛衣のぶんのチャーハン、冷蔵庫に入れてあるぞ」

「まだ起きたばっかりで食欲ないから、あとでもらう。それより、どこかで地震があったの？」

「そうそう、東南アジアのほうで。かなり大きかったみたいだよ。愛衣のところの新聞でも扱うんじゃないの？」

母親の返答に、東南アジア？　と愛衣はカフェオレを飲もうとしていた手を止めた。胸がざわめき、頭の奥のほうが痺《しび》れてくる。これはおまえと無関係のニュースではないと、身体が訴えているかのようだ。父親が顎の無精髭《ぶしょうひげ》を撫《な》でて、

「マグニチュード、８・いくつとか言ってたか？」

「ああ、それくらい。震源地は、えーっと、あ、思い出した。インドネシアのスマトラ島沖だって」

「スマトラ」

一瞬で身体が冷たくなった。愛衣は畳にカップを置くと、卓袱台《ちゃぶだい》にあったテレビのリモコンを引ったくるようにして摑《つか》んだ。震える手で音量を上げて、画面を凝視する。しかし、スタジオのコメンテーターは、世界的、歴史的に見てもかなり大きな地震ということですね、とか、あのあたりは大きな地震が少なく防災システムが不十分なんです、のような全体的な状況を述べるばかりで、本当に知りたいことが伝わってこない。愛衣は両親を振り返った。

「ねえ、日本人の被災者のことって、なにか言ってた？」

「まさか。地震が起こったのは、日本時間の午前十時だよ。被害の全容もまだ分かってないみたい。年末の観光シーズン真《ま》っ只中《ただなか》で、日本からの旅行者も多かった、みたいなことを、さっきコメンテーターの人は言ってたけど」

「多かったって、どこの国に何人滞在していたか、ちゃんと摑めてるの？」

「愛衣、どうした。まさか知り合いであっちのほうに旅行に行っている人がいるのか？」

岸本について、父親と母親に説明できるほどの心の余裕はなかった。愛衣は二人の視線から逃れるように台所に駆け込み、シンクにカフェオレを捨てた。排水口に吸い込まれていく褐色の液体に、津波に襲われていたホテルの映像がよみがえる。どうしよう、と乾いた唇を引っ張りながらうわごとのように呟いたとき、部屋着のポケットで携帯電話が震えた。

「……はい」

「大島さん？　ニュース見た？」

政治部リーダーの梶井からだった。今日の愛衣は休みの予定だったが、人手が足りなくなりそうなので、急遽《きゅうきょ》出勤してもらえないかと言う。なるべく早く行きます、と返して通話を切り、服だけ着替えて家を出た。このまま自宅にいるよりも新聞社にいたほうが、確実に最新情報に触れられる。そう思った。

フロアは嵐のような騒ぎだった。電話やFAXはひっきりなしに受信を知らせ、人の出入りも激しい。全員が切羽詰まった表情で、怒号もしょっちゅう飛び交っている。職場に一歩足を踏み入れた瞬間から、愛衣も息つく間なく動き続けた。気を抜くと岸本のことが脳裏を過《よ》ぎり、気持ちが乱れそうになる。だが、ここでミスを犯すわけにはいかない。愛衣は仕事が丁寧だと評してくれたのは、ほかでもない岸本だ。奥歯を嚙《か》み締《し》め、業務に励んだ。

午後八時過ぎ、愛衣も一度休憩を取るよう、梶井から話しかけられた。急だったのに出てくれて、本当に助かった、と何度目かの礼を口にする梶井に、訊《き》きたいことがあるんですけど、と愛衣はすばやく顔を寄せる。小声で岸本の安否は分かっているのかと尋ねると、梶井は浅く息を吐いた。

「ああ、大島さんも知ってたんだ、岸本さんのこと」

岸本が東南アジアに旅行中だという話は一部社員のあいだで共有され、今なお懸命な情報収集が行われているらしい。それでも岸本が無事かどうかはまだ不明だと、梶井は言った。

「彼女がツアーの内容まで話してくれていたおかげで、旅行代理店はすぐに特定できたんだ。今、そこの社員や外務省の人たちが、現地と連絡を取ろうと必死になってる。事前の日程表によると、地震が起こったとき、岸本さんはスリランカの南部にいたみたいだな」

「スリランカ……」

鉛のように重い舌を動かし、地名を反芻《はんすう》した。現時点で、最大の死者数が伝えられている国だ。地震発生から約二時間後、大きな津波に襲われたことも分かっている。国際通信社から届いた画像には、バスが横転し、建物がぺしゃんこに潰れた街の光景が写っていた。

新聞のザラ紙ではなく、パソコンのモニターにくっきりと表示された写真は鮮烈で、愛衣は目を逸《そ》らさずにはいられなかった。

「大島さんも岸本さんのことが心配だと思うけど、今の僕たちにできることはなにもないから」

政治部のリーダーを務める梶井もフリーターで、この新聞社のアルバイト歴は五年に及ぶ。岸本との付き合いは、自分よりもずっと長い。彼の心配や不安を増幅させてはならないと、愛衣は時間をかけて深く息を吸い、涙の予兆を遠くに追いやった。

「そうですね、なにもできないですよね」

「僕たちは僕たちの仕事を頑張ろう。月並みな言い方だけど、これで僕たちがポカをやらかしたら、一番悲しむのは岸本さんだと思う。あの人、ああ見えて仕事に厳しいところがあるから」

「頑張ります。私、ちゃんと頑張ります」

勢い込んで応えた途端、愛衣は空腹を覚えた。地震のニュースを知ってから、飴玉《あめだま》すら舐《な》める気にならなかったことが嘘のようだ。しっかり食べる、いっぱい食べる、と唱えながら社員食堂に向かう。入り口のメニューを確かめると、本日のA定食はハンバーグだった。愛衣は迷うことなくそれを注文した。

翌日の夕刊で、マグニチュードは9・0に修正された。一九〇〇年以降に起きた地震の中では四番目の大きさで、当初二百人超と伝えられていた犠牲者の数は、一万四千人にまで膨らんだ。だが、この数字は被害のほんの一部しかすくい取っていないと、記者たちはことあるごとに口にしている。日本人も十五人の死亡が確認された。観光客の三十人とは、いまだ連絡が取れないようだ。通信事情の悪い地域が多々あるらしかった。

スリランカ南部で被災した二十一人の日本人について一報が載ったのは、地震発生から三日目の朝刊だった。記事によると、岸本と同じツアーに参加していた観光客のうち、九人の無事が明らかになったという。ただし、身元確認中のため、その具体的な氏名はまだ家族にも伝えられていない。皆、津波に私物を根こそぎさらわれて、身分証明に時間がかかっているようだ。それでも、この中に岸本がいる可能性はある。愛衣は神経が焼きつきそうな思いを抱えて、家で、職場で、続報を待った。

岸本の生存が確定したのは、その日の夕刊帯だった。大学が冬期休暇に入ったことで午前中から出勤していた愛衣は、記者の伊藤からそれを知らされた瞬間、両手で口を押さえた。歓声とも雄叫《おたけ》びともつかない音が、唇の隙間からこぼれそうになったのだ。無事を確認された九人は、スリランカ南部の都市にすでに移動し、中には病院で手当てを受けている者もいるという。それでも愛衣は、全身から力が抜けるほど嬉しかった。

地震発生から四日後には、岸本のインタビューが新聞に掲載された。ヨガツアーに参加した二十代女性として、本名は伏せた状態で、東南アジア支局の取材に応じたらしい。あの日は朝早くからスリランカの国立公園へ行き、野生動物を見たこと。午前十時ごろに海岸に到着して、それぞれ朝食を摂ったこと。そこで津波に襲われたこと。波がいやに高いと感じてから、これは津波だと認識するまで、あっという間だったこと。海中では強い力にもみくちゃにされて、水面の方向も分からなかったこと。奇跡的に水から顔を出したとき、目の前に低木があり、それに摑まったことで一命を取り留めたこと。ツアー仲間の安否が気になって、一旦水が引いたタイミングで海に戻ろうとしたが、ふと胸騒ぎがして引き返し、高台を探したこと。

新聞の簡潔な文体に、岸本らしさは残っていなかった。語尾を伸ばす喋り方や、ふわふわした声の調子が見つからないことを寂しいと思いながらも、愛衣は何度も記事を読み返した。

大晦日と三が日は、希望していたとおりに休みをもらった。愛衣が自宅でぼやっと過ごしているあいだにも、地震のニュースはテレビやインターネットを騒がせた。子どもを失った親の話に、親を失った子どもの話。津波で丸ごと消えた集落がある一方で、人で溢れる避難所があるという。医師や救援物資は大幅に不足していて、遺体は暑さで腐敗が始まっているそうだ。犠牲者の数は、十五万人を超えた。ここから何万人増えるか見当もつかないと、どこかの誰かが言っていた。

岸本がスリランカから帰国したことを愛衣が知ったのは、大学の冬期休暇が明けたころだった。幸い岸本に大きな怪我《けが》はなく、日常生活に支障はないが、アルバイトはしばらく休むという。当然だ、と愛衣は思った。岸本は命を失うところだったのだ。休むどころか、当面家から出られなくても無理はない。だから、その話を聞いた翌日、出勤した途端に梶井が駆け寄ってきて、岸本さんが来てる、と耳打ちされたときには、ええっ、と声が出るほど驚いた。

「まさか、もう働くつもりなんですか？」

「違う違う。ほら、年末に岸本さんのインタビューが載っただろう？　あの記事で気に入らないことがあったらしくて、今、デスクと話し合ってる」

「デスクと？」

デスクとは、社内において編集や取材を取りまとめている人のことだ。梶井の言葉に愛衣はあたりを見回したが、デスクの席は空っぽだった。岸本の姿も見当たらない。愛衣は梶井に、二人は今、どこですか？　と尋ねた。

「一時間くらい前に、デスクが空き会議室に連れて行った。そろそろ戻ってくるんじゃないかと思うけど……」

「あ、ねえ、そこのバイトの子。この郵便物の山を仕分けしてくれない？」

詳しい話を聞きたかったが、社員に仕事を頼まれては、やらないわけにはいかない。愛衣は梶井と別れて郵便物を受け取ると、作業用のテーブルに着いた。だが、宛名ごとに分別しているあいだにも、岸本のことを考えてしまう。岸本はあの記事のなにが嫌だったのか。彼女が不満を抱くほど、特色のある内容だとは思わなかった。だが、スリランカから帰ったばかりの岸本がわざわざ職場に来たのだ。よほどの思いがあるのだろう。

郵便物の山が半分まで減ったとき、デスクが戻ってきた。いやあ、まいったよ、と自分の頭をかく彼に、フロア中の視線が注がれる。デスクは自分の椅子に腰を下ろすと、岸本さんだって長いことうちで働いてるんだから、新聞がどういうものかは分かっていると思うんだけどなあ、と、わざとらしい独り言でぼやいた。これを機に、あちこちから質問が飛ぶ。愛衣は数秒、デスクと郵便物を交互に眺めていたが、やがて静かに席を立つと、フロアを抜け出した。

エレベーターで一階に下りて外に出ると、空はちょうど夕暮れ時を迎えていた。水色と橙《だいだい》色の混じった空に、灰色の平べったい雲が浮かんでいる。愛衣は小走りで駅方面に向かった。ひとつめの角を曲がったとき、愛衣は探し求めていた後ろ姿を発見した。岸本さんっ、と声を張り上げる。

「……大島さん？」

足を止めて振り向いた岸本に、愛衣は慌てて駆け寄った。

「あの……岸本さん、大丈夫ですか？」

馬鹿げた質問だと分かっていても、それ以外は口にできなかった。腰まであった岸本の髪は、顎下で短く切り揃えられていた。それでも彼女だと分かったのは、岸本がいつもと同じコートとマフラーを身に着けていたからだ。岸本の顔面にはかさぶたが散らばり、津波に襲われた際に漂流物と衝突したのか、額には大きな青痣《あおあざ》もできていた。

「すみません、大丈夫じゃないですよね」

「大島さんはそんな格好でどうしたの？　まさか仕事を抜け出してきたの？　しょうがないなあ」

岸本は弱々しく微笑《ほほえ》むと、自分のマフラーを愛衣の首に巻いた。体温をじかに分けてもらったような暖かさに、愛衣は自分が上着も羽織らずオフィスビルを飛び出してきたことに気づく。デスクがフロアに戻ってきたとき、愛衣が真っ先に思ったのは、まだ近くに岸本がいるかもしれないということだった。岸本はおそらく一人で来て、一人で帰ろうとしている。その光景を想像すると、じっとしていられなかった。

「デスク、なにか言ってた？」

「私もすぐに出てきちゃったんで、あんまりちゃんと聞いてないんですけど……。岸本さんはもう少し新聞のことが分かってると思ってたって――」

「ああ、それか。それなら私も面と向かって言われたよ」

岸本は徒労感を湛《たた》えた顔で頷いた。

「どうしたんですか？　デスクとなにがあったんですか？」

愛衣が尋ねると、岸本は髪を耳にかけて、なんでもない口調で言った。

「私ね、津波に飲み込まれたとき、スマトラサイの群れに助けられたの」

「スマトラサイ？」

意味が摑めないまま、愛衣は原始的とされているサイの種名を復唱した。

「一度目の津波で流されて、なんとか木に摑まって助かったあと、私、ツアー仲間の安否が知りたくて、海に戻ろうとしたの。でも、陸地のほうから鳴き声みたいな音が聞こえてきて……。振り返ったら、六頭のスマトラサイの群れがあの悲しそうな目で私を見つめてた。一頭はまだ子どもで、五頭は大人。図鑑で見たとおり、灰色の毛で全身が覆われてた」

「サイの、群れ」

口にした瞬間、岸本と視線が重なった。マスカラもアイシャドウも塗られていない慎ましやかな目元。その中央に埋まった眼球は澄んでいて、頭蓋骨の内側までが見通せそうだ。大学に入った直後から隠しごとに対して嗅覚が働かなくなったことを忘れて、愛衣は反射的に鼻をひくつかせた。だが、能力は消えていても分かる。岸本からあの匂いはしない、絶対に。誰かと真剣に関わることを決めたとき、真偽の違いは、きっと大幅に意味を失う。

相手が自分に差し出したことをただ受け入れる。否定はもちろん、審判も進言もしない。人間関係において、それ以上の誠意はたぶんないのだ。

「海のほうに行っちゃだめなの？　って、私、サイたちに尋ねたの。そうしたら、一番体の大きなサイがゆっくりと頷いて、それからみんなで陸地の奥のほうに駆けていった。私は思わず彼らを追いかけて、そうしているうちに第一波より大きな津波が来たの。だから、私がこうして生きているのは、スマトラサイのおかげなんだよ」

「新聞の取材に、岸本さんはそう答えたんですね？」

愛衣は囁《ささや》くように尋ねた。岸本は真《ま》っ直《す》ぐに愛衣を見つめたまま、深く顎を引いた。

「全部書いてほしいって、私、記者の人に頼んだんだけど」

「はい」

「でも、できあがった記事は全然違うものだった。どうしてこうなったのか、どうしても理由が知りたくて、それでデスクに話を聞きに来たの。そうしたら、新聞に個人の妄想を載せるわけにはいかないって切り捨てるように言われた。絶滅危惧種のスマトラサイが六頭もの群れで行動していることがまず考えられないし、そもそもスマトラサイの生息地にスリランカは含まれてない。だから、岸本の見たものは現実じゃない。そういう理屈みたい。まあ、同じようなことは、現地でも親から散々言われたんだけど……」

「岸本さん――」

「でも、私にはそれが現実なんだよね。私を取材して、私の話を記事にするっていうなら、これは個人の体験ですという但《ただ》し書《が》きをつけてでも、私の真実を載せるべきだったと思う。じゃなきゃ、インタビューの意味がないよ。デスクにもそう話してみたけど、やっぱり分かってもらえなかった。自分に都合さえよければ、人の超能力めいた技もみんなすぐに信じるのにね」

そう言って左右に首を振ると、岸本の瞳は窓ガラスに息を吐きかけたように見る間に曇っていった。どうせおまえも本気では信じていないのだろうと、拗《す》ねたような口元が語っている。子どものころ、隠しごとの有無が匂いで分かると打ち明けて、なに言ってるの、と開口一番に言われたときの記憶がよみがえった。今、目の前にいる岸本は、あのときの自分だ。愛衣はマフラーをするりとほどき、岸本の首にかけた。

「岸本さん、ボブも似合いますね」

「そうかな。自分ではまだ見慣れてないんだけど」

「犀利な岸本さんにぴったりですよ」

「犀利か。格好いい言葉だよね」

岸本は独り言のように呟いた。空はますます暮色が迫り、一分ごとに気温が下がっているみたいに感じる。愛衣はマフラーから手を離すと、今度は岸本の手を握った。冷たくて乾いた手のひらだ。指は、思っていたよりずっと細い。

「スマトラサイたちが岸本さんを助けてくれてよかったです」

手に、声に力を込めながら愛衣は言った。岸本は泣き出す寸前のように眉根を寄せると、ありがとう、と頷いた。


夏に訪れたのとは違うギャラリーだった。前回の三倍近い広さがあり、オープンして間がないらしく、天井と壁の白さが際立っている。空間を活《い》かすためか、吉乃の絵も大型のキャンバスに描かれたものが多く、とにかく見応えがあった。空き家というモチーフは半年前と変わらなかったが、苔《こけ》や蔦《つた》など植物の存在感が増している。有機物と無機物の融合が、息を呑《の》むほど美しい。

「これ、全部新作だよね?」

「そうなの。このギャラリーに展示させてもらえるのが嬉しくて、張り切って描いちゃった」

隣に立った吉乃はにこやかに答える。聞けば、今日はオープンからずっとギャラリーにいて、ついさっきまで客の応対に追われていたそうだ。技法やテーマについて議論を求められることも多いらしく、あー、大島さんと話すのは楽しいなー、と微笑する吉乃は、緊張から解き放たれているように見えた。

「もっと早く来ればよかったな。そしたら何回も見に来られたのに」

「そんな。最終日に来てもらえただけでも嬉しいよ」

約二週間前に偶然見かけたあのやさぐれた姿は、今でも脳裏に焼きついている。どう気持ちを解消するか迷っているうちにインドネシアで地震が起こり、ＳＮＳでも言葉を交わさないまま展示の最終日を迎えていた。今日ここに来る前も散々悩んだが、吉乃の絵を見たいという欲望は無視できなかった。そして今、無視しなくてよかったと心から思っている。

「年末も、アパートまで差し入れを届けてくれようとしたんでしょう？　本当にありがたいよ」

「メッセージまで送ったのに、土壇場で行けなくなっちゃってごめんね」

「ううん。ペース配分ができない私が悪いんだよ。土壇場でいろいろ思いついて、勝手に追い込まれちゃうんだよね。でも、寝られなかったり食べられなかったりするよりも、納得できない絵になっちゃうことのほうが辛《つら》いから、結局やっちゃうの」

さっぱりした表情で吉乃は語った。煙草の灰をチューハイの缶に落としていたときとはまるで別人のようだ。そうだ、吉乃は別人でいたいのだ、と愛衣ははっとする。絵のことしか書かれない日記に、口から出てくる前向きな言葉。吉乃にはおそらく、人に見せたい絶対的な理想の自己像がある。

「新藤さんはすごいね。本当にすごい」

吉乃が人から屈託のない天才だと思われたいのなら、自分はそれに全力で乗っかるだけだ。

「大島さんにそう言ってもらえると嬉しい。すごく励みになる」

「なにか展示があるときは、また教えてね。私、今度は初日の一番に見に行くから」

「うん。連絡させてもらうね」

だからアドレス交換しない？　と、コートのポケットから携帯電話を出した愛衣に、えっ、まだ教えてなかったっけ、と吉乃が目を丸くする。ちょっと待っててね、と携帯電話を取りに行く後ろ姿に、愛衣は初めて吉乃に親近感を覚えたような気がした。早く早く、とわざと急《せ》かすと、大島さんて意外と意地悪、と吉乃は笑った。

私のキトゥン

親指のつけ根に鋭い痛みが走り、愛衣は身体《からだ》をのけぞらせた。右手に視線を落とす。ピザカッターを走らせた跡のような、小さな四角が並んでいる。嚙《か》まれた。そう思った瞬間、視界が赤黒く染まった。

「そんなふうにお友だちに意地悪する子、ママは嫌いだからねっ」

言ってしまった。愛衣が後悔すると同時に、優里《ゆうり》の泣き声はさらに大きく膨らんだ。身体の横で握りこぶしを作り、宙を睨《にら》みつけるように涙をこぼしていたのが、今や二歳児に戻ったかのようにフローリングに転がり、手足をばたつかせている。愛衣はとっさに通報されることを心配した。三年半前に越してきたこのマンションはファミリータイプで、真下と左隣の家庭には小学生の子どもがいる。大丈夫だとは思うが、東京に暮らしていたころ、一度だけ児童相談所に連絡されたことが、いまだに忘れられなかった。

「分かった。分かったから、もうちょっと静かにして。ほかのおうちの人がびっくりしちゃうよ」

なにが分かったのだろう。自分でも判然としないまま、愛衣は慌てて優里を諭す。なるべく穏やかにという思いと、どうしても尖《とが》る気持ちがぶつかり、声が奇妙にひしゃげていく。

「明奈《あきな》ぢゃんはお友だぢじゃない。だがら優じぐじなぐてもいいのおっ」

愛衣の言葉を撥《は》ねつけるように、優里は鼻のつけ根に皺《しわ》を寄せて絶叫する。

きっかけは、愛衣が優里におやつを食べさせていたときにかかってきた、一本の電話だった。はい、青木《あおき》です、と応じると、おおるり幼稚園の松井《まつい》です、と返ってきて、愛衣は反射的に背筋を伸ばした。松井琴美《ことみ》は三十歳前後の幼稚園教諭で、優里が在籍するほし組を担任している。記憶にあるよりも一オクターブ高い、まるで歌っているような松井の声に、たちまち不安感が煽《あお》られた。プリンをスプーンですくいながら、こちらをちらちら盗み見る優里を視界の端で捉えつつ、お世話になっています、と固い声で挨拶した。

「それでね、琴美先生の話では、来月の運動会で、年中さんはAB対抗リレーっていうのをやるんだって。各クラスをふたつのチームに分けて走らせる競技らしいんだけど、優里が自分と同じAチームになったお友だちの一人を、Bチームの別の子と交換してほしいって言い出したみたいで」

愛衣は温めた味噌汁《みそしる》を椀《わん》に注ぎ、康佑《こうすけ》の前に置いた。今夜も日付が変わってから帰宅した康佑は、大きな手に揉《も》みくちゃにされたあと、ぽいと放り出されたかのように、肌も服もくたびれている。自分でやるからいいよ、と康佑は言うが、そんな状態の彼をキッチンに立たせるのは、さすがに忍びなかった。それに手を動かしていたほうが、落ち着いて話せるような気がした。

「ありがとう」

康佑はさっそく味噌汁に口をつけ、美味《おい》しい、と微笑《ほほえ》んだ。近ごろの康佑は腹回りを気にしていて、夜十時以降は米を摂《と》らないと決めている。よく嚙むことも心がけているようだ。具の豆腐を名残惜しそうに嚥下《えんげ》して、

「琴美先生は、その場で注意してくれたの?」

「もちろん。でも、優里は納得しなかったらしいのね。だから、おうちの人からもお話してもらえませんかって、要はそういう話だったんだけど」

「まあ、そう簡単にはいかないよね」

「……うん」

愛衣は力なく頷《うなず》き、康佑の正面に腰を下ろした。思えば、幼稚園からの帰り道、愛衣が充電切れ間近のスマートフォンを貸さなかったことで、優里は家に着く前から不機嫌だっ

た。半年前に愛衣が始めた位置情報ゲームアプリは、現実の地図がそのままゲームの舞台になっている。画面上に現れるモンスターを捕まえたり、ストップと呼ばれるポイントをチェックしたりすることに、最近は優里も夢中になっていた。際限なくやりたがるため、幼稚園と習いごとの行き帰りのあいだだけ、と交わした約束を、母親から一方的に反故《ほご》にされたのだ。優里の虫の居所が悪かったのも、当然と言えば当然だった。

「でも、優里はどうしてその子と同じチームになりたくないんだろう。愛衣も知ってる子なの？」

「明奈ちゃんは……あ、その子、三田《みた》明奈ちゃんっていうんだけど、運動面の発達がゆっくりで、まだ上手《うま》く走れないらしいのね」

春先に行われた保育参観のあと、保護者で輪になって交わした自己紹介を思い出す。明奈の母親は、みなさまにご迷惑をおかけすることがあるかもしれません、と笑顔で頭を下げていた。確か彼女はフルタイムで働いていて、明奈には年の離れた兄か姉がいたはずだ。年少のときはクラスが違ったため、愛衣が明奈について知っているのは、これくらいだった。

「ああ、そういうことか」

康佑は小さく唸《うな》ると、明らかに顔を曇らせた。今、彼の脳裏に過《よ》ぎったのは、自分が松井との電話中に思い浮かべたのと同じニュースだろう。二年前に神奈川の障害者福祉施設で起きた、戦後最悪とされる殺傷事件。今月の頭には、二度目となる被告の精神鑑定結果が報道されていた。不幸を作ることしかできない障害者はいらないという被告の差別的な主張を、たった五歳の我が子の中に見つけてしまうのは、親失格だろうか。

「それはだめだね」

康佑は自分に言い聞かせるように呟《つぶや》いた。新聞記者の彼には、より痛切に感じるものがあるのかもしれない。神奈川の事件を受けて、北陸地方の障害者福祉施設を取材したとも聞いている。康佑はテーブルに箸を置いた。

「うん、それはだめだ」

「誰にでも苦手なことはあるよ、それを責めるのは意地悪と同じだよって、私も相当怒ったんだけど……。それでも優里は、明奈ちゃんがAチームにいたら負けちゃうって、泣きながら言い張るの」

「まあ、優里らしいと言えば優里らしいけど」

康佑は苦笑した。優里は生まれたばかりのころから意志が強く、自己主張の激しい子どもだった。泣き声は大きく、気に入らない離乳食は頑として受けつけない。同世代の子ども遊ぶようになってからは、勝敗に対するこだわりが目についた。かけっこに負け、どんぐり拾いで勝てず、公園で仰向《あおむ》けになって暴れる娘を、愛衣と康佑は何度抱えて帰宅したただろう。

「分かった。僕も優里と話してみるよ。明日……は朝が早いから、ちょっと無理かもしれないけど、土曜日には、必ず」

「ありがとう。助かる」

愛衣はほうっと息を吐《つ》いた。途端に空腹を覚える。今日の優里の癇癪《かんしゃく》は長く、寝かしつけに辿《たど》り着《つ》くのに多大な労力を要した。おかげで自分がろくに夕食を摂れていないことに、ようやく気づいたのだった。戸棚からクッキーを取り出し、立て続けに二袋を食べる。いる？と箱を掲げると、せっかく主食を控えてるのに、と困ったように笑いながら、康佑も一袋受け取った。

「あの負けず嫌いは、一体どこから来てるんだろうね。やっぱりガオかな」

テーブルを照らすペンダントライトを見上げ、康佑がぼやく。ガオかもねえ、と愛衣は頷いた。愛衣は自分のことを、どちらかというと大人しい子どもだったと記憶している。それは康佑も同じらしく、優里の性格については、たびたび雑談のネタになった。優里と似ている存在があるとしたら、それは昔、青木家に出入りしていたガオではないか。康佑が戯れ混じりに話すことがある。茶トラのガオは、縄張り意識と闘争心の強い野良猫で、近所の犬や猫としょっちゅう喧嘩《けんか》をしていたらしい。ある夜、ガオは眼球から血を流した状態で庭先にやって来て、康佑と母親が動物病院の電話番号を調べているあいだにいなくなった。そして、二度と姿を現さなかった。

「勝敗が絡まなければ、お友だちにもそれなりに優しくできるみたいなんだけどね」

愛衣は右手の親指を見つめた。小さな歯形は、噛まれたことが夢だったかのように消えている。跡があったはずのところを左手で軽くさすった。

「優里は四月生まれで、今の段階では人よりできることが多いから、勝てないのが余計に悔しいのかもしれないね。この先、負けの経験を積み重ねていけば、勝つことが必ずしも大事じゃないって、自然と気づくんじゃないかな」

「だといいんだけど」

愛衣はクッキーを戸棚に片づけた。康佑は滅多に感情を昂《たか》ぶらせず、見た目にも貫禄《かんろく》があるため、自分より十も二十も年上に思えることがある。彼が同い年だと知ったときの衝撃を振り返り、愛衣は頬の内側で笑った。康佑とは、彼が地方支局勤務を終え、東京本社に戻ってきた直後に知人の紹介で知り合った。好みのタイプではなかったが、ちょうど、長年の片思いの相手に酔った勢いで告白して人生最大の失恋に苦しんでいた愛衣は、康佑といると気持ちが安らぐことに至上の価値を覚えた。この人だ、と思った。

康佑と付き合い始めて一年が経《た》ったころ、東北を震源地とする大震災が起こった。将来に対する不安から、茫漠《ぼうばく》と漂っていた結婚話が急速にまとまり、とりあえず籍だけでも、と、六月に婚姻届を提出した。愛衣の妊娠が分かったのは、その翌年だ。生まれた優里が二歳になる直前に、康佑の転勤が決まり、家族三人で石川のこの街に越してきた。

「ごちそうさまでした」

康佑は今日もきれいに夕食をたいらげた。愛衣は歯を磨き、シャワーを浴びた康佑と共に寝室へ向かう。ダブルベッドの真ん中に、優里は横向きの体勢で眠っていた。背中が丸まっていて、本当に猫みたいだ。夫婦で娘を挟むように横たわる。愛衣が優里の頬に張りついていた髪の毛を払うと、グミのような唇から、なおん、と人間の言葉には聞こえない音が漏れた。

自転車のペダルを漕《こ》いでいるときには、あれをやってこれを片づけて、と考えていたはずが、朝食の匂いが残るリビングダイニングに戻ってきた途端、すべてがどうでもよくなる。愛衣はソファに寝転ぶと、足もとに放った鞄《かばん》からスマートフォンを取り出し、SNSを起《た》ち上《あ》げた。仁美は昨日が息子の誕生日だったようで、二本のロウソクが吹き消される光景を動画で投稿している。楓が載せている画像は、出張先で食べたもつ鍋らしい。

それぞれに短いコメントを寄せて、愛衣はさらにスワイプとタップを繰り返した。地元の友だちの約半数は、SNSを介して日常生活を知ることができる。主に育児模様をアップしている仁美は小学生のときからの友人で、最近、妊娠後期に入った律子とは、高校時代を共に過ごした。大学で仲良くなった楓は、SNSを訪れた飲食店の記録に使っているらしい。美味しそうな写真ばかりが流れてくる。それから、アルバイトの先輩だった岸本。

彼女は今、ボリビアで暮らしている。なにをしているのかは分からない。ただ、一、二週間に一度の頻度で、海外生活を楽しんでいる様子が投稿された。

愛衣は仰向けのまま首を反らし、ベランダの上空を見つめた。今日も残暑は厳しくなりそうだ。洗濯物だけでも早く干したいと思うが、やはり身体は動かない。愛衣は石川に転居するにあたり、新卒から勤めていた建材メーカーを退職した。仕事と育児に追われていたときは、おやつを手作りしたりカーテンを縫ったりするような暮らしに憧れていたが、いざ優里が幼稚園に入ると、前向きなことはなにもしたくなかった。

ソファに寝そべったまま、今度はゲームアプリを起動させる。登園時に優里が入手したアイテムを整理して、周辺に潜んでいるモンスターを確認する。このゲームは無料でも充分に遊べて、ストップに釣られて街を歩けば、近所のささやかな名所を知ることができる。モンスターの図鑑が埋まっていくのも快感で、愛衣は勧めた康佑が驚くほどの勢いで入れ込んだ。優里がそばにいないときは、なかば癖のようにプレイしていた。

新たに出現したモンスターに捕獲用のボールを投げながら、愛衣は五時間後の迎えのことを考える。登園時間は家庭ごとに少しずつずれていて、また、どの保護者も慌ただしく、挨拶以上の言葉を交わすことはほとんどない。だが降園時は、五十人近い保護者が集まる。三田明奈の母親は延長保育を利用しているから、彼女と顔を合わせる可能性は低いだろう。それでも、我が子を通じて、昨日、優里が明奈を爪弾《つまはじ》きにしたことを知ったほし組の保護者が何人もいるはずだった。

「あー、行きたくない……」

我が子を通じて形成される人間関係には、微妙な強制力が働く。そのあたりが小中高時代の教室で編まれていたものに少し似ていた。愛衣の周辺に、メディアの特集に登場するような、著しく自己中心的な保護者はいない。それでも要所要所で配慮は必要で、愛衣はときどき、終わりの見えないバランスゲームをさせられているような気持ちになった。

大人になれば、交友関係で悩まなくていいと思っていたのに。

指先から放たれたボールが、モンスターを捕らえた。


「それは大変だったね」

湯の入った小さな水風船が、目の裏側で弾けたみたいだった。愛衣は予期していなかった感覚に驚き、一拍遅れて、ほかの子のママにいろいろ訊《き》かれたのが一番大変だった、と返した。スマートフォンを耳に当てたまま、缶チューハイを手に取る。タブを起こしたっきり、息を継ぐ間も惜しんで喋《しゃべ》っていたらしく、缶は冷蔵庫から出したときと、重量がまったく変わっていなかった。

「いろいろって？」

「優里ちゃんと明奈ちゃんって喧嘩してるの？　みたいなこと。今回のことは、完全に優里が悪いんだけどね」

「でも、次に登園したときに明奈ちゃんに謝ることで、優里ちゃんは納得したんでしょう？」

「まあね。でも、なにがだめだったのかは理解してないと思う。いつも優しいパパに怒られて、それで分かったふりをしただけじゃないかな」

康佑の叱り方は、容赦のない理詰めだ。どうしてそう思うの？　さっき言ったことと違うんじゃないかな、と目を合わせたまま、淡々と問いを重ねる。もうパパあっちに行って、と優里が激高しても、まず引かない。そうして、明奈に謝罪することを、やっと優里に約束させたのだった。

「さすがだね、康佑さん」

「あの気の長さは尊敬するよ」

愛衣は大きく頷き、チューハイを飲んだ。今夜は康佑と録画した映画を観《み》る予定だったが、優里を寝かしつけたまま眠ってしまったのだろう。康佑が寝室から出てくる気配はなかった。愛衣はふと思いつき、〈電話してもいい？〉と吉乃にメッセージを送った。吉乃は東京のアパレルメーカーで働きながら、画業を営んでいる。画家としての公式サイトはあるが、ブログやＳＮＳのアカウントは開設していない。直接連絡を取らなければ近況を知れないぶん、電話をかけやすかった。

「でも、優里ちゃんの言うことも分かるような気がするな」

「本当に？」

中学校の美術室で初めて会ったときから、吉乃は引っ込み思案でいて、万人に親切だった。そんな吉乃と優里のあいだに、共通点を見つけたことはない。吉乃も負けず嫌いだったの？　と尋ねた愛衣に、それはそういうところもありますよ、と吉乃は笑った。彼女もスマートフォンを片手になにか食べているらしく、ぽりっとナッツを嚙み砕くような音がした。

「でも、今、言いたいのはそこじゃなくて、優里ちゃんは、明奈ちゃんはお友だちじゃないって主張したんでしょう？　私も小さいころ、大人がただのクラスメイトや同年代の子のことを、わざわざお友だちって呼ぶのがすごく嫌だった。あのときの感覚を久しぶりに思い出したよ」

「ああ、なるほどね」

「偽善っぽいっていうか、きれいごとだなって、子どもながらに感じてたんだと思う。クラスメイトと友だちはイコールじゃないし、そもそも同年代の全員と仲良くなることは絶対にできない。その事実を大人が隠蔽しているような気がしたな」

きれいごと。愛衣は口の中でこの五音を転がした。勝ち負けよりも、頑張ることが大事なんだよ。みんな同じ、大事な命なんだよ。かつて自分が聞かされたこと、優里に向かって発したことのある台詞《せりふ》が脳裏を巡る。確かに自分にも、上っ面だけの格好をつけた言葉を忌避していた時期があった。だが、きれいごとを除去して子どもを育てれば、いつか、恐ろしいことを招くような気がする。愛衣はチューハイを半分近く一気に飲んだ。ぷはあ、と息が漏れた。

「難しいなあ」

「そうだよね。私は子どもがいないから、きれいごとがどうとか簡単に言えるけど、愛衣は人間を育ててるんだから。本当に大変なことだと思うよ」

「……ありがとう」

まっすぐに労《ねぎら》われ、愛衣はふたたび眼球の裏に温かさを覚えた。吉乃に会いたい。話を直接聞いてほしい。康佑のことは、非常に信頼している。彼はこの上なく素敵なパートナーだ。だが自分の心には、友だちにしか埋められない穴がある。東京を離れてから、愛衣はそう感じるようになった。

「そうだ。話は変わるんだけど、最近、会社の近くに美味しそうなレストランができてね――」

そこで中学校の同窓生に会ったというエピソードを、吉乃は珍しく興奮した調子で語った。吉乃が再会した人物は、二年生のときの愛衣のクラスメイトで、記憶の底に眠っていた彼女の噂《うわさ》話から、中学時代の思い出話に発展した。そうか、もう二十年以上になるのか。

愛衣は缶のラベルを見るともなしに見つめる。二人の小学生を殺《あや》めた、当時中学三年生だった少年は、三年前に手記を刊行した。彼の正体に気づかず、友だちになっちゃったらどうしようと怯《おび》えていたことを、仁美はまだ覚えているだろうか。彼女が好きだった音楽ユニットのメンバーの一人は国会議員になり、来年の五月には、新天皇が即位すると決定した。時は流れている。そんな当たり前のことを、ふいに強く感じた。

「愛衣のところにも遊びに行きたいなあ」

「おいでよ。十一月に入れば、カニの季節だよ」

愛衣は吉乃の大好物を持ち出した。カニ、と切なげな呻《うめ》き声が返ってくる。康佑が美味しいお店を知ってるよ、と愛衣はさらに誘い文句を重ねた。

「行っちゃおうかなあ。さすがにそろそろ新幹線のチケットも取れるよね」

「取れる取れる」

北陸新幹線の長野と石川を結ぶ区間が開業して、間もなく三年半になる。石川に引っ越すことが決まったとき、愛衣の報告を受けた友人たちは、あの新幹線で遊びに行くね、と口を揃《そろ》えた。年賀状にも、〈今年こそ新幹線に乗って遊びに行きたいな〉と毎年のように書かれていた。

「冬の日本海って、寒ブリも美味しいよね」

「寒ブリのしゃぶしゃぶとか、最高だよ」

「ブリしゃぶかあ。それもいいなあ」

吉乃が恋人だったら、本当に来たいと思ってる？　だったら具体的に日程を決めてよ、と詰め寄ることができる。約束してくれるまで電話を切らない、と宣言してもいい。だが、会いに来て、というわがままは、友だちには冗談混じりにしか言えない。友人関係は、恋愛や婚姻よりも自由だ。だからこそ、懇願されたからという理由ではなく、吉乃自身の選択によって、青木愛衣に会いに来てほしい。友だちがもっと自発的に、自分のことを思い出したり考えたりしてくれたらいいのに。愛衣は缶チューハイを手に祈る。

「来るんだったら、うちに泊まってくれてもいいから」

「お泊まり会みたいで楽しそう。ああ、でも年末までは仕事が忙しいんだよね。後輩が一人、急に辞めちゃってさ」

「そうなんだ。それは大変だね」

結局、吉乃は来ない。愛衣は缶から手を離した。分かっている。三十代は、仕事に家庭に育児に恋愛に趣味に、みんな忙しい。それぞれ金銭的な事情もあるだろう。そんなことは、SNSにアクセスすれば一目瞭然《いちもくりょうぜん》だ。実際、友だちが石川まで遊びに来たことはない。彼女たちとは、愛衣が帰省した際に都内で会うばかりだった。

ときどき愛衣は、友だちに片思いしているような気持ちになる。恋愛とは違って白黒がつかない、永遠の片思いを。

九月二度目の三連休の初日、愛衣は家族でショッピングモールに出かけた。フードコートで昼食を済ませたのち、優里を康佑に任せて、一人で服屋を巡る。今日は、三週間後の運動会に優里に履かせる派手な靴下と、自分用のウインドブレーカーを購入する予定だった。子どもが隣にいないほうが、こういう買いものは早く終わる。理想に近い品物は、三軒目で見つかった。

レジカウンターに商品を置く。店員がバーコードを読み取りながら、割引になる方法を案内する。メッセンジャーアプリでこの店のアカウントを友だち登録すれば、今回の会計から十パーセント引きになるそうだ。ただのクラスメイトをお友だちと呼ぶのは偽善だという吉乃の話を思い出し、愛衣は噴き出しそうになる。片手で口もとを隠し、大丈夫です、と断った。

支払いを済ませて店を出ると、同じフロアのカフェに立ち寄った。優里は今、書店の読み聞かせ会を楽しんでいるらしく、康佑から届いた、〈一人でお茶してきてもいいよ〉というメッセージに甘えることにした。アイスカフェラテを購入し、窓に面したカウンター席に座る。窓の向こうには、半屋外型のプレイスペースが広がっていた。人工芝の一本一本が、日差しを受けて白銀に光っている。紫外線に鮮やかさを奪われてもなおカラフルなプラスチック製の滑り台を、小さな子どもが満面の笑みで滑っていた。

　このショッピングモールは、商業施設大型化の波に逆らうようにこぢんまりとした造りで、愛衣は訪れるたびに、地元にあったショッピングセンターのモアを連想する。モアは八年前に閉店した。そのとき愛衣はすでに実家を出ていて、モアの跡地にオープンした家電量販店には、まだ足を運んでいなかった。

　腿《もも》の上の鞄が震えた気がして、スマートフォンを取り出した。だが、気のせいだったようだ。康佑から助けを求めるメッセージは届いていない。気分転換が下手な自分に呆《あき》れつつ、ついでにゲームアプリを開いた。カフェ近くのストップで、巨大化したモンスターの卵が三分後に孵《かえ》るようだ。バトルにエントリーしたユーザー同士で協力し、そいつを倒すことができれば、モンスターを捕獲するチャンスが手に入る。優里のもとへ行く前にこれだけやろうと、愛衣がエントリーに備えた瞬間だった。

「あっ」

　左隣から小さな声がした。振り向くと、黒髪のボブに、白いTシャツと臙脂《えんじ》のペンシルスカートを身に着けた二十歳《はたち》前後の女の子が、愛衣の手もとを見て目を丸くしていた。彼女のスマートフォンには、愛衣のものとほぼ同じ画面が映っている。互いに照れ笑いを浮かべて会釈した。このゲームアプリは、リリース直後に社会現象を招いたほど登録者数が多く、街でユーザーを見かけるのは珍しいことではない。それでも、一人客同士で隣り合わせになるのは、さすがに気恥ずかしかった。

バトルには十七人ものユーザーが集まったため、勝負は早々についた。愛衣はモンスターをボールに収めて、安堵《あんど》の気持ちでカフェラテを飲み干す。グラスを返却しようと、椅子から腰を浮かせたとき、

「あのお、すみません」

今度は明確な意志が込められた声で、隣の女の子に呼び止められた。

「はい」

「もしよかったらでいいげんけど、私とフレンド登録してくれんけ？」

「いいですよ」

愛衣は笑顔で応じた。女の子の表情から緊張が解ける。アイテムの入ったギフトを贈り合えるフレンド機能は、三ヶ月前に実装されたばかりだ。愛衣ももっと増やしたいと思っていたところだった。

「あー、よかったあ。フレンドを三人作れっていうミッションが達成できんくて、困ってってん。リアルの友だちは全員登録しちゃったから、もう周りにおらんくて」

喋りながらも手際よくフレンド登録を進めていく彼女に、愛衣は若さを感じる。三十四歳の自分は、やり方を思い出すのに必死だ。こちらの迷いを察したらしく、ここねんけど、とピンクゴールドに塗られた指先が伸びてきて、愛衣のスマートフォンをタップした。

「あ、できましたね。助かりました」

「こちらこそ」

愛衣はフレンド一覧を見つめた。彼女のユーザー名は、haruaki1709。haruakiは本名に由来しているのだろうか。だとしたら、1709はなんだろう。疑問に思ったが、尋ねることはしなかった。素性を伏せて繋《つな》がれるのは、ゲームアプリの利点だ。代わりに、

「今のモンスター、ゲットできました？」

と質問した。

「最後のボールで、なんとか」

「よかったですね」

「はい。妹があのモンスターを好きねんて。帰ったら見せてあげれん」

赤い口紅で彩られた唇から前歯を覗《のぞ》かせ、女の子が笑う。愛衣はもう一度会釈をして、今度こそグラスを片づけた。書店に足を向けながら、感じのいい子だったな、と思う。あの子の親はどんな人で、どんなふうに彼女を育てたのだろう。彼女はきっと、足の遅いクラスメイトを拒否するような真似《まね》はしたことがないに違いない。愛衣はそんなことを考える自分に嫌気が差した。優里が明奈にきちんと謝ったことは、松井からの電話で知っている。その後はAB対抗リレーの練習も滞りなく進んでいるようだ。

それでも愛衣は、あの日、明奈ちゃんが遅いのが悪いんだもん、と優里が言い放ったことを忘れられなかった。康佑とは、優里の気性はガオ譲りだと笑いながらも、心の奥底で

は、自分の育児に原因があるのだろうと思っている。自分とはものごとの捉え方が異なる優里に、愛衣はどうしても気後れしてしまう。それが娘によくない影響を与えているのではないか――。

書店に着くと、優里は児童書コーナーの椅子に座り、絵本を読んでいた。康佑はその背後に立ち、なにやら説明している。真剣な顔で頷く優里。とにかく優しい人になってほしい。その一心で、性別が判明する前から、名前には優の字を使うと決めていた。そのことを、愛衣は唐突に思い出した。

「あ、ママっ」

視線に気づいたのか、優里が振り向く。愛衣は笑みを浮かべて、柔らかく手を振った。

haruaki1709からは、ほぼ毎日ギフトが贈られてきた。ギフトには、それを入手したストップの写真が添えられている。どうやら想像よりも近くに住んでいるようだ。愛衣の行きつけのスーパーマーケットに、優里の好きな公園。連日、見知った画像が届く。ギフトを開くと同時に、おおるり幼稚園の斜め向かいに建つ石碑の写真が現れたときには、これまでにも彼女とすれ違っていたのかもしれないとおかしくなった。

愛衣も今日のぶんのギフトを彼女に贈り、スマートフォンを鞄に戻した。正面の窓ガラスから下を覗く。六つに仕切られたプールの一番手前で、優里がバタ足をしている。十月の三連休が明けた今日は、夏が戻ってきたような気候で、ここまで汗だくで自転車を漕いできた愛衣には、プールに浸《つ》かる子どもたちが羨ましく思えた。

優里が端まで泳ぎ着き、プールサイドに上がる。毛髪を黄色い帽子に収めた優里は、生まれたてのヒヨコみたいだ。今日のレッスンの後半は、月に一度の進級テストで、愛衣は合格を祈りながら優里を見守った。

「ママー、合格したー」

見学席から更衣室に移動して待っていると、進級チェックシートを手にした優里が現れた。おめでとう、とバスタオルでびしょ濡《ぬ》れの身体を抱き留める。まだ一人で水着を脱ぎ着できない未就学児が多いこの時間帯は、保護者も入るぶん、更衣室が混雑する。狭い部屋に充満する、濃密なカルキの匂いと、親にテストの結果を報告する子どもたちの声。愛衣は手早く優里を着替えさせ、更衣室をあとにした。ご褒美ちょうだい、と言う優里に、ママと半分こね、と約束して、自動販売機でジュースを買った。

「あれ？　優里ちゃんじゃないけ？」

フロアの隅で優里と交互にオレンジジュースを飲んでいると、目鼻立ちのくっきりした女の人と目が合った。知っている顔だ。誰だっけ、と考えているあいだに話しかけられ、ひやりとするも、すんでのところで、横山《よこやま》さん、と口から名前が出てくる。ということは、横山の傍らに立つ、三角のタオルキャップを被《かぶ》った女の子が羽和《はわ》か。羽和は真剣な面持ちでラムネを食べていた。

「久しぶりやね。優里ちゃんって、ここに通っとってんね」

「うん、去年から。羽和ちゃんも？」

「そう。羽和は本当は木曜日なんやけど、今週は都合が悪くて、今日に振り替えてもらってん。優里ちゃんも、今の時間に泳いどってんね？　私、上から見とったんに、全然気づかんかった。大きくなったねえ」

「私も、まさかあの子どもたちの中に羽和ちゃんがいたなんて。優里、ほら、羽和ちゃんだよ。久しぶりだね」

愛衣は優里の背中に手を当てた。優里と羽和は同学年だ。二人が別々の幼稚園に入る前は、近所の公園で一緒に遊んでいた。といっても、愛衣は横山の連絡先を知らない。偶然に会ったときだけ、子ども同士を遊ばせるという間柄だった。優里と羽和はすでに記憶が薄れているらしく、もじもじしている。一年半という月日は、このくらいの子どもにとっては充分長いのだろう。

「今日、進級テストやったよね？　優里ちゃんはどうやった？」

「あ、うん。十八級から十七級になったかな」

「合格したん？　すっごおい」

横山は大きな目をさらに見開いた。

「羽和と違って、優里ちゃんは小さいころからなんでもできたもんね。しかも十七級って、あとひとつ合格したら、水色クラスじゃないけ？　まだ年中さんなんにすごいじー。羽和は二ヶ月連続で不合格で、当分はオレンジクラスやわ」

「でも子どもって、急にできるようになるから」

「それは優里ちゃんだからやよ」

横山は腰を屈《かが》めると、優里の顔を覗き込み、大きくなったら水泳選手かな、と笑いかけた。違うよ、優里はギター弾く人になるの、と調子を取り戻した優里が言い返す。横山は背筋を伸ばして愛衣を見た。

「優里ちゃんは楽器も習っとるん？」

「ううん。ギターは、テレビの影響で言ってるだけ」

「そうなんや。でも優里ちゃんなら、ギターもすぐにマスターしそうやね」

「どうかなあ」

愛衣が曖昧に首を傾《かし》げたとき、なくなったあ、と優里がオレンジジュースの缶を突き出した。やや大袈裟《おおげさ》にゴミ箱を探すふりをして、またね、と横山親子と別れる。スイミングスクールの外に出ると、愛衣は大きく息を吸った。隠しごとを嗅ぎ取れる能力が消えて久しいが、苦手な人と接したあとに深呼吸をする癖はなくならなかった。羽和は二月生まれで、同じ学年と言っても、優里とはほぼ一歳離れている。なのに、二人を比べて過剰に優里を褒める横山と話していると、大きな疲労感を覚えた。

自転車の後部座席に優里を乗せ、自分のスマートフォンを手渡す。来たときよりも気温は下がり、日差しも和らいでいた。トンボがすうと目の前を横切る。優里、トンボだよ、と声を張り上げたが、返ってきたのは、

「ママ、プレゼント届いた。開けていい？」

と、ゲームアプリに関することだった。

「いいよ」

愛衣は苦笑して答える。ゲームのユーザビリティが優れているのか、それとも、スマートフォンの普及後に生まれた人間の適性の高さか、平仮名と片仮名が読めるくらいの優里でも、このアプリは直感的に操作できる。時間帯から推察するに、ギフトの贈り主はharuaki1709だ。ママ、あのパンダのパン屋の写真だったよ、と優里がはしゃぎ、自転車のバランスが崩れそうになる。だめだめ、じっとしててえっ、と愛衣が悲鳴を上げると、優里は大笑いした。

その後も優里は就寝時間まで機嫌がよかった。進級テストに合格できたことが、よほど嬉《うれ》しかったらしい。負けず嫌いさえ発揮されなければ、親が心配するところの少ない子どもだ。よく食べよく眠り、よく笑う。ベッドに寝転んだ優里が、今日の出来事を思いつくままに喋り始めた。

「ダンスのときね、琴美先生が転んだんだよ」

「そうなの？　大丈夫だった？」

「うん。血、出てないって言ってたもん。あとね、今日は明奈ちゃんの誕生日だったよ」

「お祝いした？」

「おめでとうって歌った」

自分が明奈を仲間はずれにして謝ったことを、すっかり忘れている口調だった。愛衣は羨ましい気持ちで、優里の背中をとんとんと叩《たた》く。優里の動きが徐々に鈍くなり、やがて、丸く膨らんだ瞼《まぶた》が閉じた。

子どもが寝ついてからもしばらくは、ベッドを離れてはいけない。五年半に及ぶ育児経験の中で、そのことを知っている愛衣は、枕もとのスマートフォンを手に取った。優里が熟睡するまでの時間は、手のひらサイズの機械が相手をしてくれる。さっそくゲームアプリのアイコンをタップした。自分でも中毒みたいだと呆れるが、小さな経験を積み重ねた先にある達成感が癖になっている。地道な行動が報われること。成果が目に見えること。ゲームは子育てと正反対だ。ほんの少しだけ、仕事に通じるものを感じる。愛衣は入社してすぐに総務課へ配属された。なにかをこまごまと整え続けることが性に合っていたらしく、仕事は楽しかった。康佑が地方に転勤にならなければ、ずっと勤めていただろう。

だが、今の自分には育児しかない。

モンスターにボールを投げ、愛衣は明日の予定を頭の中で確かめる。明日は、十日の水曜日。優里に持たせる体操服は、上下揃っていただろうか。そうだ、給食袋の名前シールが剝がれていたような気がする。今晩は、あれを直そう。愛衣が優里の眠りの深さをチェックしようと、身を捩《よじ》ったときだった。haruaki1709がギフトを開封したと、画面に通知が表示された。

「あっ」

その瞬間、結ぼうともしていなかったいくつかの点が、一本の糸で繫がった。あの日、ショッピングモールで出会った女の子は、三田明奈の姉ではないか。haruakiのakiは明奈のアキ。09は、明奈の生まれた日付だ。妹と共に遊ぶアカウントとして、姉はユーザー名を設定した。そういえば、自己紹介の際、年の離れたきょうだいが明奈を送り迎えすることがあると、三田が話していたような気がする。

フレンドの個人情報は分からない。メッセージの類いも送れない。haruaki1709とは、ただギフトを贈り、受け取るだけの関係だ。しかし、愛衣はほとんど確信していた。おおるり幼稚園近くのストップの写真が添えられていたときのことを思い出し、ますます目が冴《さ》える。

間違いない。フレンドのharuaki1709は、明奈とその姉だ。

今年の運動会は、晴れて気持ちのいい陽気となった。

愛衣は六時に起きて、五人ぶんの弁当を作った。急遽《きゅうきょ》、東京から康佑の両親が見に来ることになったのだ。運動会は園庭ではなく、近くの小学校の校庭を借りて行われる。明け方の四時に職場より帰宅した康佑は、ほぼ徹夜の状態で場所取りに向かった。

「あらあ、優里ちゃん。大きくなったわね」

「あのね、この虹《にじ》の靴下が優里だからね。じいじもばあばも間違えないでね」

「これは分かりやすくて助かるなあ」

朝早く、ホテルからマンションにやって来た義父母が、優里と楽しげに喋っている。愛衣はそのあいだに持ちものを準備した。上着に日傘、タオルや水筒を大きなトートバッグに詰めていく。優里が義父母に自慢している靴下は、去年、同じ体操服を着た園児の集団から我が子をなかなか見つけられなかったことを反省し、目印として購入したものだ。子どものころの自分だったら拒否したかもしれない、派手な虹色のそれを、優里は大層気に入っていた。

「優里、もうすぐ家を出るよ。トイレに行っておいで」

「はーい」

祖父母の前で格好つけたいのだろう。普段よりも聞き分けがいい。優里の手を引き、義父母と連れ立って小学校へ向かった。道すがら、優里はAB対抗リレーで絶対に勝つと意気込んでいた。ほし組のAチームは、練習でほぼ負けなしらしい。勝てなくてもいいんだよ、と愛衣は横から意見するが、気分が高揚している優里の口は止まらない。優里は三番目だからね、ちゃんと見ててね、と義父母に念を押していた。

年中クラスの午前の競技は、ダンスと玉入れだった。四ヶ月前にリリースされ、夏ごろに注目を集めた邦楽曲に合わせ、園児たちが親指を立てて腕を振る。その可愛《かわい》らしさに、保護者席からは拍手が起こった。玉入れでは、ほし組が三クラス中一位を獲《と》った。

大喜びで園児席から移ってきた優里も交え、全員で昼食を摂った。決して大きくはない青木家のレジャーシートは、五人が座り、弁当を広げると、かなり手狭だった。あんたが痩せないから、と義母に肘で小突かれ、康佑が苦笑いを浮かべる。食事が済むと、優里は友だちとおやつを交換すると言って、シートを飛び出していった。愛衣もトイレに行こうと席を立つ。トラックの外周は、色とりどりのシートが敷き詰められ、まるでパッチワークみたいだ。愛衣はさりげなく明奈の家族を探した。一度、遠目に母親の姿は認めたが、姉は見かけていない。来なかったのか、それとも、あの女の子が明奈の姉だという推測自体が間違っているのか。密《ひそ》かに気になっていた。

果たして、彼女は運動会に来ていた。巨大なタイヤに登った明奈に、柔らかな視線を向けている。今日は、ジーンズにゆったりしたシルエットのTシャツという出《い》で立《た》ちだった。スマートフォンのストラップが、後ろポケットから垂れている。愛衣は頬が緩みそうになるのを堪《こら》え、黙って二人の横を通り過ぎた。彼女に声をかけるつもりはなかった。愛衣が妹のクラスメイトの母親だと知ることで、ギフトを贈ることを遠慮されるのが嫌だった。

だが、明奈がタイヤの上で足を滑らせたことで、その考えは吹き飛んだ。

「どうしたん？」

「大丈夫？」

「ちょっと見してみ」

突如上がった子どもの泣き声に、周囲の大人が一斉に動く。気づくと愛衣もその輪に加わり、これ、きれいだから使って、と明奈にハンカチを差し出していた。姉は妹を受け止めたものの、足の踏ん張りが利かなかったようだ。明奈の膝小僧には擦り傷ができていた。血は薄くにじむ程度だが、動揺が治まらないのだろう。明奈はなかなか泣き止《や》まない。

「あ、あ、ありがとうございます」

姉の手が愛衣のハンカチを摑《つか》む。と同時に視線がぶつかり、姉の口が開いた。しかし、自己紹介をしている場合ではない。集まった保護者の一人が、とにかく傷を洗ってきまっし、と三田姉妹を支えて歩き出す。姉は何度も愛衣を振り返りながら、手洗い場のある中庭のほうへ消えていった。

園児席の子どもが落ち着きを失い始め、保護者が荷物の片づけにぼちぼち手を着けるプログラムの終盤に、年中のＡＢ対抗リレーは予定されていた。音楽に合わせて、先に競技する各クラスのＡチームが入場する。園児はグラウンドを半周ずつ走るため、二手に分かれて地面に座った。第三走者の優里は、すでにスタートラインの脇に控えている。アメリカ製のキャンディーみたいな靴下は、遠目にも見間違いようがなかった。

ぱんっ、と乾いた音がして、第一走者がスタートを切った。三クラスとも、トップバッターには俊足の子を据えていたようだ。四、五歳児には思えない走りっぷりだった。接戦のまま、第二走者にバトンが渡る。ここでほし組が頭ひとつ前に出た。先頭を保ったまま、ついに優里の番が回ってくる。緊張が急に高まり、愛衣は両手を握り締めた。

優里は立派だった。照れや気後れは一切見せずに、手足を大きく動かして、前にぐんぐん進んでいく。絶対に勝つという気概の美しさに、愛衣は胸を衝《つ》かれた。勝ち負けよりも頑張ることが大事なんて、嘘《うそ》。優里は全身でそう主張しているようだ。二位との差を広げて、バトンは第四走者に繋がった。結構いい感じに撮れたんじゃない？　と、康佑がデジタルカメラの液晶モニターを愛衣に向ける。腕を伸ばしてバトンを突き出す優里は、怒っているようにも見えた。

勝負は、ほし組の圧倒的リードで進んだ。だが、七番目か、九番目の走者がバトンを受け取った途端、様相が一変する。その子の足取りは、ほとんど徒歩に近かった。愛衣は目を凝らした。明奈だ。明奈が走っている。先ほど擦《す》り剝《む》いた膝が気になるのだろう。片足を庇《かば》うような姿勢だった。

ぶっちぎりと思われた差が、みるみる縮んでいく。次の走者でほし組は二位になり、また次の走者で三位になった。保護者席がどよめく。秋空に響く、歓声とため息。裸足《はだし》になったアンカーの男の子が懸命に巻き返しを図るも、一位と二位に、あと少しのところで届かない。

結局、ほし組は最下位でゴールした。


優里は泣き崩れるあまり、閉会式に参加できなかった。園児席にも座っていられなくなったため、愛衣と康佑は松井に断りを入れ、優里を引き取った。そのまま校庭の隅に移動する。人気《ひとけ》のないところで優里を落ち着かせようとしたのだ。校庭の真ん中では、園児たちが整理体操をしている。童謡をアレンジしたBGMは、スピーカーの不調か、ややひび割れて聞こえた。

「明奈ちゃんも頑張って走ってた。それでも負けちゃうことはあるんだよ」

「あんなの頑張ってないっ」

「どうしてお友だちが頑張ってたかどうかを優里が決めるの？　だったら優里が頑張ってたかどうかも、パパが決めるよ」

「違うっ。明奈ぢゃんはお友だぢじゃないのおっ」

康佑の話にも、優里は耳を貸さない。地べたに臀部《でんぶ》を着けて膝を伸ばし、踵《かかと》を叩きつけるように両脚を動かしている。踵が土をえぐるたび、埃《ほこり》っぽい匂いが立ち上った。虹色の靴下も、今や黄土色に染まっていた。

さすがの康佑も、困惑と疲労感に苛《さい》まれているようだ。窮屈そうにしゃがんだまま、重くて長い息を漏らす。閉会式は、結果発表に移ったらしい。クラッカーの紐《ひも》が引かれたように、子どもたちのはしゃぎ声が校庭に弾けた。

「勝ちたかったよね。だから優里は頑張って頑張って、誰よりも頑張って走ったんだもんね」

愛衣は優里の赤白帽を取った。わしゃわしゃと髪を掻《か》き混《ま》ぜるように、汗で湿った頭を撫《な》でる。涙で濡れそぼった優里の睫毛《まつげ》は震えていた。母親から投げかけられた言葉を、懸命に咀嚼《そしゃく》しているのだろう。しばらくののち、勝ちだがった、と優里は呟いた。

「そうだよね。一位になれなくて悔しかったね」

「……悔しがっだっ。明奈ぢゃんのぜいでビリになっだっ」

愛衣はここで小さく息を吸った。

「でもね、優里。悔しい気持ちは分かるけど、ママのお友だちのことをそういうふうに言わないで」

なるべく毅然《きぜん》と言い放つ。自分たちを取り巻く空気の質が変わったことを、肌で感じたようだ。優里が顔を上げる。その隣で、康佑も目を見開いていた。

「なんで。明奈ちゃんはママのお友だちじゃないもんっ」

「お友だちだよ」

愛衣はスマートフォンにゲームアプリの画面を表示させた。フレンドの一覧から haruaki1709を選び、この人はね、明奈ちゃんと明奈ちゃんのお姉ちゃんなんだよ、と説明する。フレンドは、日本語で友だち。それを、今だけ都合良く解釈することに決める。それに、haruaki1709から他県のストップの写真が届けば、旅行かな、と思い、丸一日音沙汰がなければ、忙しいのかな、と想像していた。あの感情は、例えば、吉乃や仁美や楓、岸本に寄せるものと確かに同じだった。

「優里も、明奈ちゃんと明奈ちゃんのお姉ちゃんからもらったプレゼントを開けたことがあるよ」

優里の目から涙が引っ込む音が聞こえたようだ。優里はもう泣かない。しゃくり上げることもしない。なにかに気圧《けお》されたように、愛衣のスマートフォンを凝視している。

「ママはね、この人が明奈ちゃんと明奈ちゃんのお姉ちゃんだって知る前にお友だちになったんだよ」

優里には理解できない発言だっただろう。だが、意味を尋ねられたり、解説を求められたりすることはなかった。すん、と優里の鼻が鳴った。

「誰とだって、いつかはお友だちになるかもしれないの。だから、今、お友だちじゃない人を、お友だちじゃないからって、簡単に傷つけたらだめだよ。ママの言ってること、分かる？」

友だちになる相手は、案外自分では選べない。これまでの人生を振り返り、愛衣は強く思う。繋がったり切れたり、近づいたり遠ざかったり、また距離が縮んだり。友情は、常に思いがけない線を描く。愛衣が話しているあいだに、閉会式は終わったようだ。義父母が困っているかもしれない。自分たちもそろそろ戻らなければと思いながらも、愛衣は優里の返事を待った。ほんの少しでいい。優里に自分の声が届いてほしい。きれいごとが偽善だとしても、その欠片《かけら》を心の隅に置いておいてほしい。だいたい、きれいごとを体現し、説得力を持たせるのが大人の役目ではないか。愛衣は優里の手を握る。

数秒後、おそらく親でなければ気づけなかったほどかすかに、ごくかすかに、優里は頷いた。愛衣と目配せを交わした康佑が、じいじとばあばのところに行こうか、と優里の肩を抱く。愛衣も腰を伸ばした。優里が立ち上がり、ごめんなさい、と愛衣の腿にしがみついた。

なぜ、レジャーシートは購入したときのようにコンパクトにまとまらないのか。一人、格闘するように折り畳みながら、愛衣は疑問に思う。康佑の力を借りたいが、彼は今、優里をトイレに連れて行っている。義父母にはマンションの鍵を渡し、空の弁当箱などを持って先に帰ってもらった。ここは一人で乗り切るしかない。愛衣は大きく腕を広げた。

付属のマジックテープで留めて、なんとかトートバッグに収めたとき、青木さん、と呼びかけられた。振り返ると、三田が立っていた。愛衣は反射的に直立の姿勢になる。しかし、愛衣が頭を下げるよりも早く、三田はポケットから見覚えのあるハンカチを取り出した。

「明奈が怪我《けが》をしたときにこれを貸してくれたのって、青木さん？」

「あ、はい。そうです」

「どうもありがとう。子ども経由になっちゃうかもしれんけど、きれいに洗って返すからね。そう伝えたくて」

「そんなの、うちで洗うから気にしないでください」

愛衣は慌てて三田の手からハンカチを引き抜こうとした。だが三田は、それはだめやって、と笑顔で首を横に振り、ハンカチをポケットに戻した。きびきびした人だ。きっと、仕事と家庭を上手に切り盛りし、充実した日々を送っているのだろう。愛衣は行き場を失った手を情けない思いで引っ込める。三田は自分の耳たぶを揉《も》みながら、おもむろに微笑んだ。

「でも、青木さんが正解でよかった。ハルナに誰に借りたのか訊いても、たぶん十二月十三日生まれの、青木っていう苗字《みょうじ》の人としか言わんくて、まったく要領を得んげん。あ、ハルナっていうのが、明奈の姉なんやけど」

ゲームアプリに使用している愛衣のユーザーネームは、bluetree1213だ。ハルナも限られた情報から、愛衣の素性に頭を巡らせたことがあったらしい。そのハルナは夕方から友人と約束があるようで、すでに帰宅したと三田は述べた。

「ハルナからも、ありがとう、助かりました、とのことです」

「私は別に、たまたま通りかかっただけだから……。それよりも、明奈ちゃんの傷がたいしたことなくてよかったです」

「運動会が終わるなり、夫と走っておやつを買いに行ったくらい元気やよ。やから、心配しんといてね」

「三田さん」

愛衣は改めて三田に向き直った。

「AB対抗リレーのこと、ごめんなさい。Aチームが負けて大騒ぎしてたの、うちの娘なんです。明奈ちゃんに、すごく嫌な思いをさせちゃったと思う。チーム分けが発表されたときも――」

「明奈と琴美先生から、おおまかなところは聞いとる。優里ちゃんが謝ってくれたことも知っとるよ。そのあとは、自分が先生になるんだって言って、明奈に走り方の指導もしてくれたんやってね」

「優里が？　先生に？」

「なんや、青木さん、知らんかったん？」

三田は耳から指を離して大笑いした。愛衣は最近の優里の様子を思い起こすが、やはり、そんなことをしていたとは思えない。ただ、康佑が明奈を庇った際の、あんなの頑張ってないっ、という優里の叫びが妙に引っかかっていた。あれは、もっと速く走れる明奈を知っていたからこその台詞だったのか。Aチームは絶対に勝つという自信も、明奈を指導したことで生まれたものだったのかもしれない。

「優里ちゃんのこと、あんまり気にしんといてね。うちもハルナが手のかかる子どもやったから、青木さんの気持ちが少しは分かると思う」

「ハルナちゃんが？」

「そう。友だちに対する束縛心が強くて、よく揉めごとを起こしとってん。小学校の四年生くらいまでは、何度も先生から電話がかかってきとったよ」

愛衣は言葉を失った。先生に怒られているハルナの姿は、まったく想像がつかなかった。だが、時は流れる。そして、時間が経てば大抵の人は変わる。自分だって、子どものころの心のまま大きくなったわけではない。そうだったんだ、と声を絞り出した愛衣に、ほやから大丈夫やよ、と三田は鷹揚《おうよう》に頷いた。

「ところで、青木さんは、本当に十二月十三日生まれなんけ?」

「そう、です」

「へえ、ハルナの言うとおりやった」

感心したように頷く三田に、愛衣は、ハルナちゃんは、何月の十七日に生まれたんですか?　と尋ねる。三田は、ハルナも十二月やよ、と答えてから、ふたたび自分の耳たぶに手を当て、首を傾げた。

「ねえ、二人はどうしてお互いの情報を断片的にしか知らんがん?」

それは、と愛衣は言いかけて、ハルナちゃんに訊いてみてください、と答える。絶対に訊く、それで私も仲間に入れてもらう、と言う三田の表情は優しかった。


ダイヤルを回し、集合ポストを開くと同時に、水色が目に染みた。カーテンの隙間から差し込む朝日が瞼を貫いたときのようだ。愛衣はどこか焦点の定まらない感覚で、ポストカードを手に取る。空に浮かぶ雲が水面《みなも》にくっきりと映り込み、水平線は曖昧だ。奇跡の絶景と称されるこの塩湖を、愛衣も名前は知っている。裏返すと、アルファベットで書かれた住所と、毒っ気の漂う色鮮やかな切手が目に留まった。

〈やっほー。元気ですか?　私は元気です。ふと愛衣のことを思い出したので、ハガキを出してみました。まあ、無事に届くかどうかは、神のみぞ知るって感じだけど――〉

文面を読んだところで、愛衣は声を出して笑った。差出人らしい文章だ。懐かしさに、目頭が熱くなる。康佑と手を繋ぎ、エントランスを通過しようとしていた優里が、ママ、どうしたの？　と振り返った。

「ママにお友だちからお手紙が届いたの」

「えーっ、いいなあ。優里も見たい」

「いいよ。はい」

ポストカードを受け取るなり、うわあ、きれい、と優里は甲高い声を上げた。康佑が、南米かな？　随分遠いところからやって来たんだね、と目を見張る。ボリビアのウユニ塩湖だよ、と二人に説明しながら、愛衣は明日、石川の観光名所を写したポストカードを買いに行こうと思った。

初出「小説トリッパー」二〇一八年夏季号、二〇一九年春～秋季号
「私のキトゥン」は書き下ろしです。
JASRAC 出 2104368-101

奥田亜希子（おくだ・あきこ）
一九八三年愛知県生まれ。愛知大学卒。二〇一三年『左目に映る星』で第三十七回すばる文学賞を受賞してデビュー。他の著書に『ファミリー・レス』『五つ星をつけてよ』『青春のジョーカー』『魔法がとけたあとも』『愛の色いろ』『白野真澄はしょうがない』、エッセイ集『愉快な青春が最高の復讐！』などがある。

クレイジー・フォー・ラビット

二〇二一年七月三十日　第一刷発行

著者　奥田亜希子
発行者　三宮博信
発行所　朝日新聞出版
〒一〇四-八〇一一　東京都中央区築地五-三-二
電話　〇三-五五四一-八八三二（編集）
〇三-五五四〇-七七九三（販売）

印刷製本　中央精版印刷株式会社

Published in Japan by Asahi Shimbun Publications Inc.
ISBN978-4-02-251765-4
定価はカバーに表示してあります
落丁・乱丁の場合は弊社業務部（電話〇三-五五四〇-七八〇〇）へご連絡ください。送料弊社負担にてお取り替えいたします。